천봉 신무협 장편소설

PAPYRUS ORIENTAL FANTASY

북천전기 34

초판 1쇄 발행 2025년 4월 21일

지은이 ｜ 천봉
발행인 ｜ 최원영
편집장 ｜ 이호준
편집디자인 ｜ 박민솔
영업 ｜ 김민원 조은걸

펴낸곳 ｜ ㈜ 디앤씨미디어
등록 ｜ 2002년 4월 25일 제20-260호
주소 ｜ 서울시 구로구 디지털로32길 30 코오롱디지털타워빌란트 1301-1308호
전화 ｜ 02-333-2513(대표)
팩시밀리 ｜ 02-333-2514
E-mail ｜ papy_dnc@dncmedia.co.kr
블로그 ｜ blog.naver.com/gnpdl7

ISBN 979-11-364-6114-8 04810
ISBN 979-11-364-3596-5 (SET)

※ 저자와 협의하여 인지는 붙이지 않습니다.
※ 이 책은 ㈜ 디앤씨미디어(파피루스)가 저작권자와의 계약에 따라 발행한 것으로 본사와 저자의 허락 없이는 어떠한 형태나 수단으로도 내용을 이용할 수 없습니다.

34

천봉 신무협 장편소설

북천전기
北天戰記

1장. 최후의 전쟁(3) · 7

2장. 최후의 전쟁(4) · 51

3장. 최후의 전쟁(5) · 95

4장. 최후의 전쟁(6) · 137

5장. 최후의 전쟁(7) · 179

6장. 최후의 전쟁(8) · 221

7장. 최후의 전쟁(9) · 265

1장
최후의 전쟁(3)

최후의 전쟁(3)

콰콰콰쾅!

"으악!"

"크윽!"

"빌어먹을!"

우문적의 얼굴이 사납게 일그러졌다.

물러가는 것처럼 보였던 적들이 어느새 방향을 바꿔 다시 공격을 해 왔다.

그 바람에 뒤를 쫓던 수하들이 적의 신무기에 그대로 노출이 되었고, 순식간에 수십 명이 피를 뿌리며 쓰러졌다.

"이런 개새끼들이!"

우문적은 방패를 휘두르며 적들을 향해 달려들었다.

따다다당!

방패 주변에 무수한 불꽃이 일었고, 불꽃의 여운이 채 가시기 전에 두 명의 적이 우문적의 칼에 두 동강이 나버렸다.

"크악!"

"끄아악!"

황태가 우문적과 함께 움직였다. 그 역시 방패가 있었기에 적의 신무기는 무시하고 달려들었다.

절대지경에 오른 둘은 제아무리 신무기로 무장을 한 적이라도 감히 감당할 수 없었다.

"피해라!"

콰콰콰쾅!

따다다다당!

이미 무수히 많은 공격을 막아 낸 우문적과 황태의 방패는 놀라울 정도로 멀쩡했다.

"더 내려가면 위험하오!"

"빌어먹을!"

우문적은 공력을 담아 소리쳤다.

"능선 위로 퇴각하라!"

잠시 후 능선 위쪽으로 물러선 우문적은 맞은편을 바라봤다.

그곳에서도 치열한 전투가 벌어지고 있었다. 숲에 가려 제대로 볼 순 없었지만, 숲을 뚫고 불꽃과 처절한 단말마가 끝없이 터져 나오고 있었다.

 황태가 맞은편을 응시하며 중얼거렸다.

 "월가와 인자들이라…… 아주 볼만하겠군."

 "그래도 월가가 더 강하겠지?"

 "광동성에서 인자의 능력을 보셨지 않소. 내 생각에는 서로의 능력은 비슷하겠지만 수장의 전략에 승패가 나뉠 것 같소."

 "그렇다면 당연히 월가가 유리하지. 야월, 그 인간이 생긴 건 재수 없지만 가진 능력이 얼마나 대단한데."

 황태가 피식 웃으며 물었다.

 "월가의 가주와는 견원지간이 아니었소?"

 "크흠! 말이 그렇다는 거지."

*　*　*

 어지간한 사람은 이동하는 것조차 힘든 우거진 숲.

 월가의 살수와 동영의 인자들이 서로 자신들의 영역이라 주장하는 그곳에서 피와 살이 튀는 혈전이 이어지고 있었다.

 서걱!

 소리 없이 나타난 검에 인자의 목이 뎅강 잘려 날아갔다.

 적을 처치했다는 안도감에 모습을 드러냈던 월가의 살

수는 은폐물로 삼았던 나무에서 튀어나온 검에 목을 내주고 쓰러졌다.

"컥!"

사람의 형태로 바뀌어 가던 나무는 또 다른 월가의 살수에 의해 두 쪽이 나 버렸다.

퍽!

"크악!"

그런 월가의 살수를 향해 바위가 움직였다. 바로 발밑이어서 도저히 피할 수가 없어 보였던 그 상황에서 야월이 나타났다.

푹!

야월의 검이 바위를 뚫고 들어갔다.

갈라진 바위에서 피가 솟구쳤고, 살수는 야월을 향해 머리를 조아렸다.

"감사합니다, 가주."

"집중해라."

"예."

야월은 전장을 살폈다.

곳곳에서 소리 없는 전쟁이 이어지고 있었다. 시선이 닿는 곳마다 수하와 인자들의 시신이 있었고, 능선 아래에서 적들이 맹렬한 기세로 올라오고 있었다.

콰콰쾅!

월가의 살수들이 재빨리 나무 뒤로 몸을 숨겼다. 하지만 야월은 방패를 들어 적의 공격을 막아 냈다.
 따다다당!
 '저것 때문에 쉽사리 공격을 할 수가 없다!'
 적의 신무기가 문제였다.
 인자를 공격하기 위해 모습을 드러내면 어김없이 공격이 날아들었고, 그 과정에서 상당수의 수하들이 목숨을 잃었다.
 하나를 얻고 두 개를 내주는 비효율적인 전투가 야월은 불만이었다. 그렇다고 무조건 뒤로 물러설 수도 없는 노릇이었다.
 시간을 끄는 것.
 그것이 그들에게 주어진 지상 과제였고, 야월은 어떻게 해서라도 과제를 완수하고 싶었다.
 '대지존은 내게 마음을 열었다.'
 꽈악!
 야월은 입술을 지그시 깨물었다.
 '보답해야 한다. 무슨 수를 써서라도…….'
 콰콰쾅!
 또다시 울리는 굉음.
 야월의 방패에서 무수히 많은 불꽃이 피어올랐다.
 '뒤쪽부터 친다. 하면 앞선 적들이 재장전을 할 때까지

걸리는 시간을 이용할 수 있다!'

동영은 신무기로 무장을 한 병력을 두 부대로 나누어 운용하고 있었다. 앞선 부대가 공격을 하고 재장전을 할 동안에 뒤쪽에 포진한 부대가 월가의 반격에 대비하는 식이었다.

두 부대의 좌우에 인자들이 포진하고 있어서 지금껏 제대로 된 반격조차 하지 못한 월가였다.

야월은 측근을 돌아보며 손짓을 보냈다. 모두 자신을 따라 적의 뒤쪽으로 돌아가자는 신호였다.

야월이 먼저 움직이자 숲 곳곳에 은신했던 월가의 살수들이 움직이기 시작했다.

그때였다.

콰콰콰쾅!

또다시 적의 신무기가 불을 뿜었고, 숲 너머에서 움직이던 월가의 살수 다수가 쓰러졌다.

퍼퍼퍽!

"큭!"

"으악!"

의도를 간파당한 야월의 얼굴이 무참히 일그러졌.

하지만 그는 멈추지 않았다. 피해를 감수하고서라도 뒤쪽에 포진한 적을 칠 수만 있다면 불리한 상황을 한 방에 뒤집을 수 있다는 확신이 그에게 있었다.

그때였다.

슈아악!

파공성과 함께 화살 한 발이 적이 포진한 곳에 떨어졌다.

쾅!

"크악!"

"으아악!"

폭음과 함께 적 다수가 꼬꾸라졌다.

난데없는 상황에 야월은 화살이 날아든 궤적을 좇아 시선을 돌렸다.

뒤쪽 능선의 거목 위였다.

그곳에 서백이 있었다.

쐐애액!

두 발의 화살이 연이어 날아갔다. 이번에도 화살은 우거진 숲을 뚫고 적들을 덮쳤다.

콰쾅!

"크악!"

"끄아악!"

"능선 위 거목이다! 쏴라!"

콰콰콰쾅!

적의 신무기가 서백을 향해 일제히 불을 뿜었다.

하지만 서백은 웃었다. 사정거리가 미치지 않음을 알고

있었던 것이다.

쐐애액!

콰콰쾅!

서백 한 명에 의해 적이 동요하기 시작했다.

화살에 달린 것은 단순한 벽력탄이 아니었다. 그 속에는 작은 파편 수백 개가 담겨 있었고, 파편은 고수의 호신강기조차 찢어 버릴 정도로 위력적이었다.

서백은 야월과 월가의 살수들을 응시하며 미간을 좁혔다.

'바람 때문에 독탄을 쓸 수 없는 것이 아쉽네. 저렇게 모여 있을 때 쏴 버리면 최곤데…….'

그랬다.

적과 월가의 거리가 너무 가까웠고, 바람이 월가 쪽을 향해 불고 있어서 독탄을 사용할 수 없었다.

그때였다.

"조심하게!"

야월의 목소리가 울렸다.

서백은 본능적으로 나무 뒤로 몸을 숨겼다. 거의 동시에 퍽 하는 소리와 함께 나무에 구멍이 뚫리며 뭔가가 서백의 얼굴을 스치고 지나갔다.

팟!

투둑!

서백은 떨어진 피를 확인할 겨를도 없이 뒤쪽으로 물러서며 또 다른 거목의 뒤로 몸을 숨겼다.

'큰일 날 뻔했네.'

거목에 나 있는 커다란 구멍을 보고 있자니 모골이 송연해졌다.

'방패를 두고 오다니……'

서백은 스스로를 책망하며 조심스럽게 적이 있는 곳을 살폈다. 그곳에 이쪽을 향해 무기를 겨누고 있는 적이 보였다.

확실히 다른 것보다는 몇 배는 더 큰 무기에서 연기가 피어오르고 있었다.

'저것이었구나. 주군께서 그토록 조심하라 말씀하신 것이……'

서백은 화살을 시위에 얹었다.

이제 사정거리의 우위는 사라지고 없었다. 누가 먼저 상대를 죽이느냐, 그것이 문제였다.

쐐애액!

파공성이 일었다.

서백은 재빨리 옆으로 이동했다. 동시에 그가 몸을 숨겼던 거목에 또다시 커다란 구멍이 뻥 하고 뚫렸다. 소리는 그다음이었다.

쾅!

'돌아 버리겠네. 까딱 잘못하면 화살을 날리지도 못하고 죽어 버릴 판이잖아. 아니지. 저것도 틀림없이 재장전에 시간이 소요될 터. 그렇다면……'

서백은 몸을 앞으로 빼며 시위를 당겼다.

그러다가 두 눈을 부릅뜨며 황급히 몸을 뺐다. 똑같은 무기를 가진 적이 한 명 더 있음을 본 것이다.

퍽!

'하마터면 골로 갈 뻔했네.'

쾅!

서백은 가슴을 쓸어내리며 다른 곳으로 이동했다. 그 와중에 몇 번의 공격이 더 있었지만 우거진 숲이 그를 보호해 주었다.

한편 같은 시각에 육손과 박찬은 다른 곳에 있었다.

* * *

"바람 때문에 독을 쓸 수가 없잖아."

육손은 혈전이 벌어지고 있는 전장을 응시하며 애를 태웠다.

공격을 하려면 충분히 할 수도 있었지만 바람이 반대 방향으로 불고 있는 까닭에 그럴 수가 없었다. 그렇다고 환술로 달려들자니 적이 많아도 너무 많았다.

박찬이 말했다.

"저 뒤쪽에 한 발 터트리면 어떨까요?"

"바람 때문에 아군에게까지 독이 미칠 겁니다."

"……그렇겠네요."

박찬도 아쉬움에 발을 동동 굴렀다.

그 와중에도 혈전은 계속되었고 수많은 적과 아군이 피를 뿌리며 쓰러지고 있었다.

육손은 눈빛을 떨었다.

'곧 있으면 적의 본대가 들이닥칠 거야. 그때까지 여기 머물면 너무 위험한데…….'

그때였다.

"저기!"

박찬이 육손의 어깨를 흔들며 경악성을 터트렸다.

육손은 반사적으로 뒤를 향해 고개를 돌렸다. 그러고는 두 눈을 부릅떴다.

"……!"

동영의 본대가 벌판을 새카맣게 채운 채 밀려들고 있었다. 그 모습이 마치 거대한 용이 살아 움직이는 것처럼 보였다.

"뭐가 저렇게 많아!"

박찬의 목소리가 심하게 떨렸다. 그가 육손을 향해 떨리는 목소리로 물었다.

"여기 말고는 철혈가까지 가는 길목에 방어선이 거의 없는데…… 어떡하죠?"

"일단 적의 본대가 온다는 것을 알려야 합니다! 어서 가시죠!"

"예!"

육손과 박찬은 아군이 있는 곳으로 몸을 날렸다. 하지만 그곳으로 가려면 적진을 넘어가야 했기에 자칫 잘못하면 꼼짝없이 포위될 수도 있었다.

육손은 서백을 찾아 주변을 살폈지만, 워낙에 숲이 우거져 있어서 서백을 찾는다는 것은 거의 불가능했다.

"그냥 돌파해야 할 것 같아요. 조심하세요."

"예!"

육손은 환술을 끌어올렸다. 박찬도 환술을 끌어올렸다. 뒤이어 둘이 서 있는 주변 공간이 아지랑이처럼 일렁이면서 서서히 붉게 변해 갔다.

"그럼 갑니다."

"예!"

쾅!

* * *

'저 자식…….'

혈전이 이어지는 와중에도 서백은 한 명의 상대에 집중했다. 상대 역시 다른 곳은 안중에도 두지 않은 채 오직 서백을 좇고 있었다.

'조금 더 가까이 접근해야 한다.'

서백은 위험을 무릅쓰고 은밀하게 숲을 타고 내려갔다. 멀지 않은 곳에서 월가와 적의 혈전이 지속되고 있었고, 처절한 단말마가 끊임없이 터져 나오며 서백의 집중력을 방해했다.

그렇게 이십 장 정도 더 내려갔을 때였다.

쐐액!

두 줄기 섬뜩한 기운이 서백을 향해 날아들었다. 인자 두 명이 동시에 서백을 향해 달려든 것이다.

'이런……'

서백은 난감했다. 충분히 피할 순 있었지만 그러면 목표로 삼은 상대에게 자신의 위치를 노출하게 된다.

그러면 자신의 접근을 눈치챈 상대는 곧장 뒤로 물러설 테고, 다시는 기회를 잡지 못하게 될지도 몰랐다.

찰나의 순간.

번쩍!

퍼퍽!

"켁!"

"큭!"

잘린 두 개의 머리가 서백의 발 앞으로 떨어졌다. 뒤이어 야월이 모습을 드러냈다.

"조심해야지."

"고맙습니다. 그럼."

"더 내려가면 위험하니 여기 있게."

"꼭 죽여야 할 놈이 있어서요."

서백은 다시 아래로 향했다.

야월은 뭔가 있음을 직감하고는 서백의 뒤를 따라붙었다.

"노리고자 하는 놈이 혹시 신무기를 지닌 놈인가?"

"예. 일전에 주군께서 말씀하신 그놈들 중 한 명입니다."

"그럼 내가 곁을 지켜 줄 테니 반드시 숨통을 끊어 버리게나."

"알겠습니다."

* * *

와아아!

"쳐라!"

"모조리 죽여 버려!"

적이 내지르는 함성이 산천초목을 쩌렁쩌렁 흔들었다.

어둠을 가르며 날아든 돌덩이들이 곳곳에 떨어졌지만

북해빙궁의 무사들은 죽은 동료의 몸을 밟으며 돌격을 멈추지 않았다.

연후와 이정무는 적의 측면을 향해 움직였다.

당초 목표는 보다 뒤쪽이었지만 전면전이 임박한 까닭에 적의 선봉대의 측면을 공격할 심산이었다.

치르륵!

이제는 그 어떤 마병보다 강력한 무기로 탈바꿈한 방패가 강기를 뿜기 시작했다.

우우웅!

이정무의 검도 청광을 머금어 갔다.

"자폭하는 놈들을 조심하시오."

"알겠소."

쾅!

연후가 먼저 땅을 박차고 뛰쳐나갔다.

달려가면서 먼저 혈마번을 한 방 날리고, 혈마번이 채 적에게 이르기 전에 방패를 휘감았던 혈광이 날아갔다.

퍼퍼퍽!

"크아악!"

"끄악!"

콰쾅!

"우악!"

"측면에 적이다! 막아라!"

"대형을 유지하라!"

뒤이어 이정무와 해동군이 들이쳤다.

"쳐라!"

콰지직!

"크아악!"

"끄악!"

연후는 적의 머리 위로 솟구쳐 올랐다. 그러고는 멀지 않은 곳에서 이쪽을 향해 움직이는 공멸 부대를 발견하고는 곧장 그곳으로 움직였다.

퍼퍼퍽!

"크악!"

"크아악!"

연후는 그냥 가지 않았다. 닥치는 대로 적의 머리를 부숴 놓았고, 방패를 이용해 무자비한 살육을 멈추지 않았다.

우우웅!

광마혼이 담긴 방패가 핏빛 광채를 뿜어내기 시작했다. 그리고 막 심지에 불을 붙이려던 흑인 넷을 갈기갈기 찢어 놓았다.

퍼퍽!

비명과 병장기 부딪치는 소리로 가득한 피아가 뒤섞인 혼잡한 틈에 날아든 공격에 적들은 반응조차 하지 못했다.

퍼퍼퍽!

연후는 곧장 적의 머리를 발판 삼아 방향을 틀었다.

여전히 전장 곳곳을 공멸 부대가 누비고 있었고, 그중 상당수가 아군이 밀집해 있는 곳으로 맹렬히 달려가고 있었다.

다행이라면 갑작스러운 기습에 적의 전열이 무너지면서 대응이 늦어지고 있다는 점이었다.

하지만 그것도 잠시일 터.

연후는 곧장 공멸 부대가 있는 곳을 향해 움직이려 했다.

바로 그때였다.

휘리릭!

누군가가 연후를 향해 뛰어올랐다. 엄청난 덩치를 자랑하는 공멸 부대의 일인이었다.

"……!"

연후는 신속하게 호신강기를 끌어올림과 동시에 뒤쪽으로 물러섰다.

콰앙!

"끄아악!"

"크아악!"

폭발과 함께 적 다수가 갈기갈기 찢겨 날아갔다.

'미친…….'

천하의 연후도 눈빛이 변했다.

설마하니 아군이 밀집한 공간에서 자폭을 할 것이라고

는 상상조차 하지 못했던 그였다.

또다시 두 명의 흑인이 그를 향해 뛰어올랐다.

동시에 연후의 좌수에서 다섯 줄기 혈광이 섬전처럼 날아갔다.

퍼퍼퍽!

혈광은 정확하게 상대의 미간을 관통했다.

콰쾅! 콰쾅!

콰콰콱!

"크아악!"

"끄아악!"

육편과 혈우가 난무하는 참혹한 광경에 적들이 아군인 공멸 부대를 피해 뒤로 물러서는 사태까지 벌어졌다.

그때였다.

콰쾅!

또 한 번의 폭발이 일어났다. 해동군이 있는 곳이었다.

연후는 이정무를 찾았다. 다행히 폭발은 이정무와는 조금 떨어진 곳에서 일어났지만, 다수의 해동군이 피를 뿌리며 쓰러지고 있었다.

'피해를 줄여야 한다!'

퍼퍼퍽!

연후는 적을 계속해서 베어 넘기며 이정무가 있는 곳으로 향했다.

"본 가로 들어가시오!"

이정무가 연후를 응시했다.

연후는 다시 외쳤다.

"이 정도면 충분하니 속히 병력을 본 가로 물리시오!"

이정무가 고개를 끄덕였다. 뒤이어 해동군이 물러가기 시작했다.

우우웅!

혈마번이 연후의 몸을 떠나 공멸 부대를 향해 날아갔다. 하지만 앞을 막아선 적들 때문에 혈마번은 공멸 부대에게 미치지 못하고 소멸되었다.

퍼퍼퍽!

한 번 더 높게 솟구친 연후는 뒤를 돌아봤다.

적이 기관을 가득 메워 버린 전마의 사체를 밟으며 꾸역꾸역 밀려들고 있었다.

"어서 돌아오시오!"

이정무의 외침이 귓속을 흔들었다.

연후는 비로소 철혈가로 몸을 날렸다.

* * *

철혈가 서문.

전투가 시작되었지만 신휘는 그곳에서 미동조차 하지

않았다.

그와 함께하는 혈왕군의 수는 이만. 나머지 일만은 다른 곳에 있었다.

설무진이 물었다.

"도와주지 않아도 되겠습니까?"

"자리를 지켜라."

"하지만……."

"정문으로 향하는 길목은 대군이 동시에 공격하기에 지나치게 좁다. 해서 적은 반드시 이곳으로 병력을 보낼 것이다."

"……."

설무진은 답답했다.

물론 신휘를 절대적으로 믿었지만, 당장은 밀물처럼 밀려드는 적을 막는 것이 우선이라 여겼다.

하지만 신휘는 전투가 시작된 이후로 이곳에서 한 걸음도 움직일 생각이 없어 보였다.

"적이 동문으로 갈 수도 있지 않겠습니까?"

"그곳으로 가진 않을 것이다."

"……."

신휘가 무심한 어조로 말을 이었다.

"적의 정찰병이 유일하게 살피지 못한 곳이 동쪽이다. 적은 필시 그곳에 뭔가 있을 거라 여길 터. 하니 반드시 이곳으로 병력을 보낼 것이다."

확신에 찬 신휘의 어조에 설무진은 더는 묻지 않았다.

콰콰쾅!

까가강!

"크악!"

"으아악!"

폭음과 처절한 단말마가 점점 가까워지고 있었다. 그만큼 적이 정문에 가까워졌음이리라.

그때였다. 어둠을 헤치며 달려오는 누군가가 있었다.

"대원수! 적이 올라오고 있습니다!"

무표정했던 신휘의 입가에 가느다란 호선이 그어졌다.

"역시 예상을 벗어나지 못하는군. 후후후."

스르릉!

"다들 준비해라."

채채채채챙!

혈왕군이 일제히 무기를 뽑아 들었다.

설무진을 비롯한 철인족들도 대도를 내리며 결의를 다졌다.

사사삭!

숲이 흔들리기 시작했다.

신휘를 비롯한 모두는 언제든 공격을 할 준비를 마친 채 적이 숲을 헤치고 나서기를 기다렸다.

그렇게 몇 호흡할 시간이 지났을까?

어둠 너머에서 적들이 모습을 드러내기 시작했다.

하지만 가운데에 작은 능선이 있어서 적은 신휘와 혈왕군을 절대 볼 수가 없었다.

신휘는 밀려드는 적을 내려다보며 서서히 두 눈에 살광을 머금어 갔다.

"모조리 씹어먹어 주마."

* * *

"탄이 다 떨어졌습니다!"

"그럼 모두 백병전을 준비하세요!"

"예!"

석차 부대의 무사들이 신속하게 전투 대형을 갖췄다.

송영이 현진을 돌아보자, 현진은 그를 향해 고개를 끄덕였다.

"수고했다."

"예! 그럼 저희도 백병전을 준비하겠습니다!"

송영은 천천히 검을 뽑았다. 그리고 검신에 입을 맞추며 간절히 빌었다.

'부디 우리 북천을, 철혈가를 지켜 주십시오.'

콰콰쾅!

"크아악!"

"으아악!"

"적이 담장을 넘어서지 못하게 하라! 자리를 지켜라!"

"자리를 지켜라!"

담장 너머에서 들려오는 소리만으로 적이 코앞까지 다가왔음을 알 수 있었다.

송영은 한걸음에 담장 위로 올라섰다.

곳곳에서 치솟고 있는 화염이 어둠을 몰아내며 사위를 대낮처럼 밝혔다.

송영은 끝없이 밀려드는 적을 응시하며 눈빛을 떨었다.

'뭐가 이렇게 많아…….'

그때였다.

담장 아래에서 누군가 뛰어올랐다. 반사적으로 공격을 하려던 송영이 재빨리 검을 거뒀다.

백무영이었다.

"주군은요?"

"오고 계신다."

"다들 무사하신 거죠?"

"무사하겠지."

"……."

척!

백무영이 송영의 어깨에 손을 얹었다.

"걱정 마. 쉽게 죽을 친구들이 아니잖아."

백무영은 송영의 허리춤에 달려 있던 물주머니를 끌러 목을 축이고는 적을 향해 돌아섰다.

송영이 긴장한 목소리로 물었다.

"동영이 오기 전에 물리칠 수 있을까요?"

"반드시 그래야겠지."

"빌어먹을 백야벌과 다른 가문들은 왜 아직까지 오지 않는 걸까요?"

"지원 따위는 없다 생각하고 싸워야 한다. 누군가 오기를 바라면 의지가 약해지는 법이다."

"……."

"다들 알았나?!"

"예!"

우와아아!

무사들이 일제히 함성을 질러 댔다.

백무영은 알 수 있었다. 모두가 단단히 결의에 차 있었지만 그것만큼이나 두려워하고 있다는 것을.

"그래, 나도 두렵다. 하지만 반드시 이겨야 할 전쟁이니 우리 모두 사력을 다해 싸워야 한다. 그리고 믿어라. 우리의 주군을……."

우와아악!

와아아!

위이잉!

섬뜩한 소리에 이어 담장 코앞까지 다다른 적들을 향해 핏빛 강기가 날아들었다.

퍼퍼퍽!

"크아악!"

"끄아악!"

솟구치는 피안개 너머에서 연후가 모습을 드러냈다. 무사들은 더 크게 더 악을 써 가며 함성을 질러 댔다.

"주군! 괜찮습니까?"

송영은 떨어져 내리는 연후의 전신부터 살폈다. 연후의 뒤를 이어 철우와 악소 등이 차례로 떨어져 내렸다.

연후는 송영의 어깨를 다독거려 주었다.

"수고했다. 네 석차가 큰 역할을 해 주었다."

"……그래도 적이 너무 많습니다."

"자신 없나?"

"아, 아닙니다!"

"그럼 어깨부터 펴."

"예!"

연후는 현진을 돌아봤다. 현진이 그를 향해 머리를 조아렸다.

그때 동문을 통해 이정무와 해동군이 쏟아져 들어왔다.

이정무는 곧장 연후의 곁으로 뛰어올랐다. 그가 파도처

럼 밀려드는 적을 응시하며 혀를 내둘렀다.

"이거야 원……. 그렇게 많이 죽였는데도 티조차 나지 않는 것 같소."

연후는 흐릿하게 웃었다.

"진짜 싸움은 이제부터이니 준비합시다."

"알겠소."

연후는 먼 곳을 응시했다.

서서히 여명이 깔리고 있었다. 오늘따라 여명이 피를 뿌려 놓은 것처럼 더 붉고 짙었다.

그때 무사 한 명이 달려왔다.

"주군! 적이 서쪽을 타고 올라왔습니다!"

"병력의 규모는?"

"대략 삼만 정도 되는 것 같았습니다!"

"삼만 정도면 걱정하지 않아도 되겠군."

이정무가 물었다.

"그러고 보니 혈왕군이 보이지 않는데…… 혹시 서문 쪽으로 간 것이오?"

"그렇소."

"그렇다면 뭐."

이상한 일이었다. 주변의 누구도 서문 쪽을 걱정하는 기색을 조금도 찾아볼 수가 없었다.

신휘와 혈왕군을 향한 절대적인 믿음 때문이리라. 그건

이정무도 마찬가지였다.

휘리릭!

백룡문주 김관회와 최광, 그리고 두 문파의 주요 고수들이 담장 위로 올라섰다. 전부 다 올라올 순 없었기에 다른 무사들은 밑에서 대기해야만 했다.

이정무가 두 사람을 살폈다.

"두 분 괜찮으시오?"

"괜찮습니다."

"멀쩡합니다."

차분한 김관회에 반해 최광의 모습은 마치 늑대와 같았다. 그는 밀려드는 적들을 응시하며 거칠게 웃었다.

"그래. 이 정도는 되어야 싸울 맛이 나지. 후후후."

김관회가 한마디 했다.

"죽지 마시오. 당신이 죽으면 내가 심심해."

"흥! 내가 할 소리!"

연후는 적의 중군을 응시했다.

여명 너머에서 호위 부대와 함께 올라오는 나백의 모습이 어렴풋이 보였다.

나백도 이쪽을 쳐다보고 있었다.

둘의 시선이 피비린내 나는 전장을 격하고 얽혀들었다.

'이 전쟁은 우리 북천이 가져가 주마, 나백.'

* * *

와아아!

나백은 맹렬히 달려가는 아군의 뒷모습을 응시하며 안광을 번뜩였다.

"풍천, 놈의 계책이 제대로 통했군."

가장 우려했던 철혈가의 기관을 큰 피해 없이 파괴하는 데 성공했다. 비록 수천 필의 전마를 잃었지만 그 정도 피해는 얼마든지 감수할 수 있었다.

"대궁주! 기습에 나섰던 적이 모두 물러갔습니다!"

"하면 이제 저 철혈가만 공략하면 된다는 것이군?"

"그렇습니다! 지금쯤이면 서쪽을 우회하여 올라간 병력이 철혈가의 지척에 다다랐을 터이니 파상공세를 퍼붓는 일만 남았습니다!"

나백의 눈가가 가늘게 찢어졌다.

"공멸 부대를 더 투입하여 적의 방어를 무력화시킨다! 서둘러라!"

"존명!"

잠시 후, 수십 명의 공멸 부대가 앞으로 달려 나갔다.

이제 남은 공멸 부대의 수는 백여 명. 그들은 전투에 나서지 않고 만약의 사태에 대비하여 나백의 곁을 지켰다.

그들은 나백에게 그 어떤 부대보다 강력한 호위가 되어

주고 있었다.

까가강!

콰지직!

"크악!"

"으아악!"

"물러서지 마라! 자리를 지켜라!"

"뚫어라! 모두 담장 위로 올라서라!"

철혈가의 정문 주변은 이미 피와 살이 튀는 혈전의 장으로 바뀌어 있었다.

나백은 서쪽을 응시하며 미간을 좁혔다.

"이 빌어먹을 것들이 왜 이렇게 늦는 건지……."

* * *

쐐애액!

화살 한 발이 숲을 뚫고 날아들자 신무기로 서백을 노리던 적이 황급히 나무 뒤로 몸을 숨겼다.

화살은 스치듯 지나가 뒤쪽의 적을 관통했다.

퍽!

"컥!"

씨익.

"고작 화살 따위로 나를 잡겠다니. 후후후."

동료의 죽음에도 싸늘히 웃은 적이 슬며시 머리를 내밀었다.

그때였다.

"……엇!"

입을 뚫고 튀어나오는 외마디 경악성.

퍽!

화살 한 발이 그의 뒤통수를 뚫고 튀어나왔다.

* * *

"잡았다!"

서백은 쾌재를 불렀다. 상대의 수를 내다본 시간차 공격이 멋들어지게 성공한 것이다.

야월이 서백의 어깨를 다독거려 주었다.

"수고했네."

"저런 놈이 어디에 더 있을지 모르니 조심하십시오."

묵묵히 고개를 끄덕인 야월이 맞은편을 바라봤다. 우거진 숲속에서 처절한 단말마가 끊임없이 터져 나오고 있었다.

'버텨라, 우문적.'

사사건건 시비를 걸고 비아냥거리던 우문적이었다. 때로는 죽여 버릴까, 하는 생각을 품기도 했었다.

하지만 언제부턴가 조금씩 정이 들기 시작했고, 지금은 전우로서 함께 싸우고 있었다.

그때였다.

"올라와, 개새끼들아! 모조리 대갈통을 부숴 버릴 테니까!"

한 줄기 걸쭉한 외침이 흐릿하게 귓속으로 흘러들었다. 우문적의 목소리였다.

야월의 입가가 슬쩍 올라갔다.

'그래, 그렇게 너답게 싸워라.'

웃어 가던 야월이 흠칫하며 검을 치켜들었다. 동시에 숲을 헤치며 뛰쳐나오는 누군가가 있었다. 육손과 박찬이었다.

험로를 돌파하느라 둘의 전신은 피로 홍건히 젖어 있었다.

야월이 반쯤 올라갔던 검을 늘어뜨렸다.

육손이 외쳤다.

"적의 본대가 올라오고 있습니다! 곧 있으면 여기까지 들이닥치게 될 것 같습니다!"

"너 괜찮은 거 맞지?"

"예. 괜찮아요, 형님."

서백이 야월을 응시했다.

"적의 본대까지 막는 건 무리입니다. 여기서 더 뒤쪽으로 물러가면 협곡이 나오니 그곳에서 최대한 적을 괴롭히는 것이 좋겠습니다!"

야월은 무겁게 고개를 끄덕였다.

"하면 본 가의 무사들과 함께 먼저 그곳으로 가게."

"가주님은요?"

"맞은편에도 이 사실을 알려야 않겠나. 함께 물러가지 못하면 저들은 모두 죽게 될 걸세. 그럼 협곡에서 보도록 하지."

쾅!

서백 등이 뭐라 할 틈도 없이 야월이 땅을 박차고 뛰어올랐다.

서백이 재빨리 호각을 불었다.

삐익! 삐익! 삐익!

호각이 울리자 월가의 무사들이 뒤쪽으로 물러서기 시작했다. 그 와중에 적의 공격이 이어졌고, 다수가 능선으로 올라서지 못하고 고립되었다.

"빌어먹을······."

서백의 얼굴이 일그러졌다.

"독은 어떻게 안 되겠냐?"

"바람의 방향 때문에······."

월가의 무사들이 속속 모여들었다.

서백은 그들을 이끄는 듯한 것으로 보이는 중년인에게 다가가 말했다.

"월가의 가주께서 뒤쪽 협곡까지 물러서라 명하셨소!"

"가주님께서는 어디 계시오?!"

"맞은편으로 가셨습니다. 황하수련과 함께 온다고 하셨으니 속히 움직이시죠."

중년인이 굳은 얼굴로 맞은편을 응시했다. 하지만 곧 어금니를 악물며 무사들을 향해 명령을 내렸다.

"협곡으로 물러간다!"

"아직 올라오지 못한 병력이 있습니다!"

바르르……

"그들은…… 포기한다."

모두가 눈물을 머금고 물러나기 시작했다.

"형님."

육손이 서백의 팔을 잡았다.

"왜?"

"저는 우문 가주님을 도와야 할 것 같아요. 하니 형님 먼저 가세요."

"그래? 그럼 같이 돕지 뭐."

육손이 고개를 저었다.

"적의 신무기에 가장 효과적으로 대응할 수 있는 사람은 형님이에요. 게다가 협곡은 이곳보다 지형이 더 험준하여 어려운 싸움이 될 테니 형님의 도움이 꼭 필요할 거예요. 제 걱정은 마시고 어서 가세요."

"정말 괜찮겠냐?"

"그럼요. 제 실력 아시잖아요."

육손이 웃었다.

서백이 잠시 망설이다가 고개를 끄덕였다.

"조심해라. 너무 무리하지도 말고."

"예."

서백이 돌아서자, 육손은 박찬을 응시했다.

"어서 가세요."

"아뇨. 저도 남아서 함께 돕겠습니다. 우린 친구잖아요. 그러니 같이 있어야죠."

씨익.

박찬이 상아처럼 흰 치아를 드러내며 웃자 육손도 어쩔 수 없었다.

"그럼 같이 가시죠."

"옙!"

* * *

으드득!

"지독한 새끼들……."

풍패의 얼굴이 벌겋게 달아올랐다.

분명 압도할 것이라 자신했건만 예상했던 것 이상으로 피해가 막심했다.

물론 아군이 입은 피해만큼이나 많은 적을 죽였지만, 예상치 못한 피해에 풍패는 이를 갈았다.

 잃었던 신임을 되찾을 마지막 기회일지도 몰랐기에 그로서는 압도적인 결과를 내야만 했다.

 "탄이 거의 다 떨어졌습니다!"

 "저희도 몇 발 남지 않았습니다!"

 '빌어먹을⋯⋯.'

 쾅!

 발로 땅을 힘껏 구른 풍패가 모두를 향해 소리쳤다.

 "곧 본대가 올라온다! 그 전에 저 성가신 놈들을 무력화시켜야 한다! 그러자면⋯⋯ 총공격뿐이다!"

 "지리적으로 아군이 불리합니다! 총공격에 나섰다가는 피해가⋯⋯."

 서걱!

 잘린 머리가 땅으로 떨어졌다.

 "명령이다! 어서 총공격에 나서라! 맞은편에도 명령을 전달해라! 어서!"

 "⋯⋯예!"

 * * *

 "어이."

야월이 숲을 헤치고 나서자 우문적이 눈을 동그랗게 치떴다.

"뭐야, 너희……. 망한 거냐?"

"무슨 개소리를. 적의 본대가 올라오고 있어서 협곡까지 물러나기로 했다. 하니 너희도 어서 움직여. 지체했다가는 여기서 뼈를 묻게 될 수도 있다, 우문적."

"협곡에서 한 번 더 싸운다? 그거 좋지!"

우문적이 수하들을 향해 명령을 내리려고 할 때였다. 누군가 다급하게 외쳤다.

"련주! 적이 올라옵니다!"

"뭐?"

우문적과 야월의 시선이 동시에 능선 아래쪽을 향해 돌아갔다.

적이 올라오고 있었다. 그런데 그 모습이 치고 빠지기를 반복했던 지금까지와는 달리 총공격에 나선 것처럼 보였다.

우문적이 거칠게 침을 뱉으며 으르렁거렸다.

퉤!

"개자식들이 아예 작정을 한 모양이군."

"능선 뒤쪽을 넘어가면 다소 시간이 걸리더라도 협곡까지 이동하는 데 무리는 없을 거다."

"모두 능선을 타고 넘어간다!"

"예!"

모두가 움직이기 시작했다.

우문적과 야월은 맨 뒤에서 움직였다. 우문적이 묘한 표정으로 말했다.

"내일은 해가 서쪽에서 뜨겠군."

"갑자기 무슨 소리야."

"네가 나를 도우러 오다니 말이다."

"너 살리자고 온 거 아니다. 여기서 네놈이 죽어 버리면 대지존께서 실망하실 테니 어쩔 수 없이 온 거다. 하니 그만 지껄이고 집중해."

씨익.

우문적이 히죽 웃었다.

"이젠 거짓말도 하네? 확실히 요즘 들어 사람다워졌단 말이지. 흐흐흐."

"닥쳐."

그때였다.

"원수처럼 굴던 놈들이 제법 죽이 척척 들어맞는군, 그래."

한 줄기 서늘한 목소리가 두 사람의 귓속을 파고들었다. 둘의 고개가 동시에 좌측을 향해 돌아갔다.

숲 위쪽에 누군가 있었다.

"서문회!"

서문회였다.

우문적이 대뜸 조롱을 날렸다.

"성을 세 개나 갈아 치운 여포만도 못한 영감탱이가 이젠 왜놈들과 붙어먹더니 신수가 훤해졌군그래."

"네놈의 주둥이는 여전하구나, 우문적."

"물론이다, 추악한 영감탱이야!"

꽉!

[흥분하지 마라, 우문적.]

야월의 전음성에 뛰쳐나가려던 우문적이 멈칫했다. 야월의 전음성이 이어졌다.

[지금은 협곡으로 가는 것이 우선이다.]

[도망치자는 말이냐!]

[크게 생각해라, 우문적. 우리의 임무는 동영의 진격을 최대한 늦추는 것. 그래야만 이 전쟁을 이길 수 있다.]

[빌어먹을······.]

꽈악!

우문적이 입술을 강하게 깨물고는 서문회를 향해 한마디 더 날렸다.

"자신 있으면 따라와 보든가."

* * *

'그냥 가? 누구 마음대로.'

서문회는 몸을 날리는 우문적과 야월을 응시하며 차갑게 웃었다.

뒤이어 혈광이 그의 몸을 떠나 어지간한 고수조차 눈으로 좇을 수 없을 만큼 엄청난 속도로 야월의 등을 향해 쏘아졌다.

하지만 야월은 어지간한 고수가 아니었다. 그는 가볍게 일검을 휘둘러 혈광을 쳐 냈다.

꽝!

우문적이 다시 으르렁거렸다.

"그냥 치자!"

"무시해라."

"쌍!"

야월은 우문적의 등을 떠밀었다.

그 와중에 한 번 더 공격이 날아들었지만 이번에도 야월의 검에 막혔다.

꽝!

야월은 달려가면서 서문회를 향해 싸늘히 일갈했다.

"정면 대결을 할 자신은 없나 보군."

"너희는 두 놈이니까. 후후후."

"그럼 계속 이런 식으로 쫓아와 보든가."

"아니. 곧 너희 두 놈은 이곳에서 뼈를 묻게 될 것이다, 야월."

"그럴 능력은 되고?"

"물론이지."

서문회의 입가에 진득한 살소가 걸렸다. 뒤이어 그의 뒤쪽에서 열 명가량의 흑포인이 유령처럼 모습을 드러냈다.

그중 몇 명은 이제는 보는 것만으로도 섬뜩한 신무기로 무장을 하고 있었다.

"이게 어떤 위력을 지녔는지 알고 있을 터. 하면 이제부터는 뒤통수가 근질거려 마음 놓고 달릴 수도 없을걸? 후후후."

야월의 눈빛이 한 차례 흔들렸다.

서문회의 말처럼 추격을 무시하고 달릴 수만도 없게 되었다. 경계하면 방패를 이용해 충분히 막을 수 있지만, 그렇지 않으면 당할 수도 있기 때문이었다.

야월은 전방을 응시했다.

먼저 퇴각을 시작한 황하수련의 무사들은 이미 시야에서 사라지고 없었다.

야월은 우문적을 돌아봤다.

우문적도 야월을 직시했다. 허공을 격하고 얽혀드는 두 사람의 눈빛에 모든 것이 담겨 있었다.

씨익.

우문적이 이를 드러내며 웃었다.

"이젠 어쩔 수 없이 싸워야겠지?"
 야월은 말없이 고개를 끄덕였다. 동시에 그의 검이 혈광을 뿜기 시작했다.
 우우웅!

2장
최후의 전쟁(4)

최후의 전쟁(4)

육손과 박찬은 적을 피해 황하수련이 있는 곳으로 향했다.

곳곳에 적이 있었지만 둘은 환술을 이용해 교묘하게 피해 가면서 맞은편 숲으로 올라설 수 있었다.

하지만 도착을 해 보니 이미 황하수련은 떠나고 없었다. 미처 피하지 못한 몇몇 무사들이 적과 싸우다가 피를 뿌리며 쓰러지는 것이 두 사람이 본 전부였다.

"다행히 퇴각을 한 것 같군요."

"그럼 협곡으로 가죠."

"예!"

둘은 북쪽으로 방향을 틀었다.

그렇게 얼마나 이동했을까?

돌연 전방에서 굉음이 울렸다.

콰콰쾅!

적의 신무기가 내는 굉음이었다.

"적에게 쫓기나 봅니다!"

"서두르죠."

둘은 전속으로 달렸다. 그러기를 얼마 지나지 않았을 때, 또다시 요란한 소리가 터져 나왔다.

꽈과광!

콰지직!

"잠깐만요."

육손이 박찬의 팔을 잡았다.

"고수들이 싸우고 있어요."

"그런가 보네요."

"기척을 감추고 접근하는 게 좋겠어요."

"예."

둘은 기척을 죽여 가며 매우 조심스럽게 이동했다.

그리고 잠시 후, 수풀 틈으로 싸우는 사람들의 정체를 확인하고는 두 눈을 한껏 치떴다.

'서문회…….'

뒷모습은 틀림없는 서문회였다.

육손은 서문회의 맞은편에서 간격을 벌려 가는 야월과 우문적을 응시했다.

아직은 둘 다 무사한 듯 보였다. 하지만 서문회의 좌우에 신무기를 든 적들이 포진하고 있어서 절대적으로 불리한 상황임에는 틀림없었다.

'바람…….'

육손은 바람의 방향을 살폈다.

하지만 야속하게도 바람은 적에게서 야월 등에게로 불어 대고 있었다. 이러면 독을 사용할 수가 없었다.

육손은 박찬을 돌아봤다.

[저 두 분을 도와야 하는데…….]

[제 걱정은 마세요. 저도 꽤 강합니다.]

씨익.

박찬이 웃었다.

하지만 육손은 불안했다. 여기서 잘못되면 박찬이 목숨을 잃을 수도 있었다. 그렇다고 혼자 가라고 하면 갈 박찬도 아니었다.

'녀석을 데려왔으면 좋았을 것을…….'

그림자처럼 육손의 곁을 지켜 왔던 괴인이 이번에는 함께 오지 못했다. 갑자기 몸에 이상이 생기는 바람에 홀로 모처에 머물고 있었다.

육손은 박찬을 향해 힘주어 전음성을 날렸다.

[조심하세요.]

[옙!]

[일단 뒤쪽으로 돌아가죠.]

둘은 은밀하게 뒤쪽으로 향했다.

그때였다.

사사삭!

뒤쪽에서 수풀이 흔들리는 소리가 울렸다.

반사적으로 돌아간 육손의 두 눈에 새카맣게 올라오는 인자들이 비수처럼 박혀 들었다.

'위험해!'

콰콰쾅!

"피해요!"

박찬이 육손을 나무 뒤쪽으로 잡아당겼다.

퍼퍼퍼퍽!

"적이다! 죽여라!"

우와아아!

육손과 박찬을 발견한 적들이 괴성을 지르며 달려오기 시작했다.

육손과 박찬이 땅을 박차고 뛰어올랐다. 거의 동시에 서문회의 주변에 있던 적들이 공격을 가했다.

콰콰쾅!

파파팟!

잘린 수풀이 난무하는 가운데 육손과 박찬은 숲으로 뛰어들었다. 그 바람에 야월 등과 멀어졌고, 이내 숲 때문에 시야마저 가려지고 말았다.

'바람…….'

육손은 위기의 와중에도 바람의 방향을 살폈다. 하지만 바람은 여전히 그의 바람을 외면했다.

그 와중에 인자들이 지척까지 이르렀다.

꽈악!

육손은 피가 나도록 입술을 깨물었다.

"저들보다 뒤쪽으로 가야 합니다! 서두르세요!"

"예!"

파파팟!

둘은 혼신의 힘을 다해 달렸다.

육손은 달리면서 야월과 우문적이 있는 곳을 돌아봤다. 하지만 여전히 숲이 가리고 있어서 둘을 볼 수는 없었다.

콰콰쾅!

파파파팟!

수풀을 헤집으며 날아든 뭔가가 박찬의 어깨를 스치고 지나갔다.

팟!

"엇!"

"다쳤습니까?!"

"스쳐 맞아서 괜찮아요!"

육손은 다시 뒤를 돌아봤다. 멀지 않은 곳에서 인자들이 쫓아오고 있었다.

'저놈들이 두 분에게 가지 못하게 해야 해.'

우우웅!

육손의 몸에서 빛이 일어났다. 빛은 이내 한 마리 표범으로 변해 인자들을 덮쳤다.

퍼퍽!

"엇!"

"크악!"

인자 한 명이 피를 뿌리며 날아갔다.

박찬도 공격을 날렸다.

펑!

"우악!"

둘은 최대한 화려한 환술을 사용하여 인자들의 이목을 자신들에게 집중시켰고, 계획대로 온전히 유인해 내는 데 성공할 수 있었다.

'뒤쪽으로 돌아가면 독을 쓸 수 있어!'

파파팟!

혼신의 힘을 다해 달리기를 얼마나 지났을까?

숲이 끝나고 절벽의 끝이 나타났다.

육손과 박찬은 그 자리에 얼어붙었다.

"……또 올라오고 있습니다."

박찬의 목소리가 가늘게 떨렸다.

육손도 눈빛을 떨었다.

적의 본대에서 떨어져 나온 병력이 벌써 능선 아래쪽까지 올라오고 있었다. 그런데 그 수가 어림잡아 수천 명은 넘어 보였다.

휘이잉!

절벽 아래에서부터 치고 올라온 바람이 육손의 전신을 사납게 할퀴고 지나갔다.

육손의 두 눈이 무겁게 가라앉았다.

"이제 어떡하죠? 저놈들까지 합세하면 두 분은……."

박찬이 육손을 돌아보며 말을 하다가 끝을 흐렸다. 육손의 분위기가 이상했던 것이다.

"지금부터 제 말 잘 들으세요."

"……예?"

"두 분 주변에 머물다가 바람의 방향이 바뀌면 독을 사용하세요. 적을 뒤로 물러서게 만들려면 독탄을 사용하는 것이 좋을 겁니다. 독탄이 터질 때, 두 분과 함께 빠져나가도록 하세요."

"육손 님은…… 어쩌시려고요?"

"저는……."

순간 뭔가를 깨달은 박찬이 두 눈을 부릅뜨며 소리쳤다.

"안 돼요! 그러면 안 됩니다!"

"달리 방법이 없어요. 저들까지 합세하면…… 두 분을 잃게 될 겁니다. 두 분을 잃으면 협곡의 병력까지 살아서 돌아가지 못하게 될 테고요."

"하지만……."

척!

육손이 박찬의 어깨에 두 손을 올렸다. 그러고는 희미하게 웃으며 말을 이었다.

"제가 다시 독인이 되어도 동방가주님이 반드시 방법을 찾아 주실 겁니다. 그러니 너무 걱정하지 마세요."

* * *

휘이잉!

박찬이 떠났다.

육손은 홀로 절벽의 끝에 서서 새카맣게 올라오는 적들을 내려다봤다.

한 번 더 독인이 되면 그땐 다시는 돌이킬 수 없으니 각별히 유의하세요.

동방리의 목소리가 육손의 머릿속을 울렸다.

육손의 눈가가 불그스름하게 변해 갔다. 뒤이어 눈물 한 줄기가 뺨을 타고 흘러내렸다.

 또르륵.

 '괜찮아. 그냥 이전처럼 먼발치에서 지켜보며 살아가면 되지. 살아남는다면……'

 휘이잉!

 "꼭 이겨 주세요, 주군."

 화아악!

 육손의 전신에서 녹연(綠煙)이 흘러나오기 시작했다. 이전보다 더 강력한 독연(毒煙)이었다.

 투두둑!

 주변의 수풀들이 새카맣게 타들어 가더니 이내 맥없이 바람에 흩날렸다. 뒤이어 가공할 살기가 바람을 타고 사방으로 퍼져 나갔다.

 "후우……."

* * *

 "물러서지 마라! 자리를 지켜라!"
 "개새끼들! 어디 기어 올라와 봐! 모조리 대갈통을 부쉬 줄 테니까!"

 콰지직!

"크악!"

"으아악!"

철혈가의 동쪽을 제외한 모든 곳이 이미 전장으로 바뀌어 있었다.

연후는 이곳저곳을 오가면서 닥치는 대로 공격을 퍼부었다.

위이잉!

퍼퍼퍽!

적이 몰려드는 곳에는 어김없이 혈마번이 날아갔고, 담장 위로 솟구쳐 오르던 적들이 동강이 나며 추락하는 참극이 반복되었다.

"주군! 좌측이 위험합니다!"

쾅!

담장을 박차고 뛰어오른 연후는 좌측으로 몸을 날렸다. 그는 한시도 공격을 멈추지 않았다. 지금은 그냥 닥치는 대로 죽이는 것만이 최선의 대응책이었다.

'바람의 방향이 바뀌어야 한다!'

육손에게서 받아 놓은 독탄은 언제든 사용할 준비가 되어 있었다. 하지만 바람이 철혈가 쪽을 향하고 있어서 지금껏 단 한 발도 쓰지 못했다.

연후로서는 바람이 원망스러울 뿐이었다.

까가강!

콰콰콱!

"우악!"

"크악!"

서쪽 담장 위로 적들이 올라섰다.

그곳을 지키던 무사들이 용맹하게 맞섰지만 상대적으로 무력이 더 강한 적들이 올라서는 바람에 피해가 급속도로 늘어났다.

"개새끼들이 감히!"

한 줄기 노호성과 함께 무사들을 공격하던 적의 머리가 뎅강 잘려 날아갔다.

떨어진 머리 앞으로 조영이 나섰다.

이미 전신이 피로 흥건한 그는 누구보다 용맹하게 싸워 왔고, 그 바람에 곳곳에 자잘한 부상을 입고 있었다. 그럼에도 그는 멈추지 않았다.

"와! 와 보라고!"

"애송이 새끼가 감히!"

거한이 대도를 휘두르며 조영을 덮쳤다.

하지만 조영의 앞에 이르기도 전에 허리가 뎅강 잘려 꼬꾸라졌다.

퍽!

"끄아악!"

조영의 앞으로 연후가 떨어져 내렸다.

"지쳤나?"

"견딜 만합니다!"

"이런 때일수록 냉철해야 한다. 어서 호흡부터 가다듬어라."

"예!"

연후가 오자 적들이 담장을 뛰어 내려갔다.

누군들 그와 마주치고 싶을까?

하지만 그러지 않은 자들이 더 많았다. 연후를 미처 보지 못했거나 그를 알아보지 못한 자들이었다.

연후는 방패를 앞세우고 그대로 적들을 향해 달려들었다.

콰콰콱!

"크악!"

"끄아악!"

죽이고야 말겠다는 공격 일변도의 무지막지한 수법에 적들이 가랑잎처럼 날아갔다.

연후의 좌수가 허공을 갈랐다.

그러자 동영의 신무기를 막기 위해 세워 놓았던 수십 개의 대나무가 허공으로 솟구쳐 올랐다. 대나무들은 이내 암기가 되어 적들을 덮쳤고, 일거에 열 명이 꼬꾸라지는 결과를 만들어 냈다.

"으……."

"철혈가주다!"

비로소 연후를 알아본 적들이 감히 싸우려 들지 못하고 황급히 담장 아래로 뛰어내렸다.

그중에는 방향을 잘못 읽고 철혈가 쪽으로 뛰어내린 적들도 다수 있었다.

그들을 기다리고 있던 이는 사마송을 비롯한 장로원의 고수들이었다.

"너희 따위가 들어올 곳이 아니니라!"

사마송의 입에서 창노성이 터지고 그의 검이 불을 뿜었다.

화르륵!

퍼펏!

"크악!"

"으악!"

"한 놈도 살려 두지 마라!"

"쳐라!"

장로원의 고수들은 매서운 기세로 적들을 향해 달려들었다.

오랜 시간 전장에 직접 참전할 일이 없었기에 잘 알려지지 않았을 뿐, 그들의 무위는 놀라울 정도였다.

찰나에 불과한 순간에 담장을 넘었던 적들은 모조리 한 줌 고혼이 되어 나뒹굴었다.

사마송은 연후를 올려다봤다.

마침 연후도 사마송을 내려다봤다.

"올라오지 마십시오."

사마송의 눈빛에 담긴 뜻을 간파한 연후는 그렇게 말하고는 다시 적들을 향해 달려들었다.

사마송은 눈빛을 떨며 어금니를 악물었다.

그런 그의 머릿속에 선주 이염의 얼굴이 떠올랐다.

'부디 우리 주군을 지켜 주십시오.'

* * *

콰쾅!

"으악!"

"크아악!"

우측에서 강력한 폭발이 일어나며 무사들이 가랑잎처럼 날아갔다. 적의 공멸 부대가 뛰어든 것이다.

폭발은 세 번에 걸쳐 연이어 일어났고, 순식간에 우측 방어선이 흔들리는 결과로 이어졌다.

좌측에 와 있었던 연후로서는 미처 도우러 갈 시간조차 없는 다급한 상황이었다.

그때였다.

번쩍!

거대한 백색의 섬광이 일어나 담장 위로 올라서던 적들을 덮쳤다.

"크악!"

"끄아악!"

피를 뿌리며 추락하는 적들 위로 한 차례 더 백광이 날아들었고, 그 아래에 있던 적들의 머리를 사정없이 날려 버렸다.

퍼퍼퍽!

"크아악!"

"끄악!"

"백발마녀다!"

서령이었다.

하지만 그녀만이 아니었다. 백광과 함께 적을 날려 버린 또 하나의 빛은 동방리가 일으킨 것이었다.

연후는 동방리를 응시하며 숨을 골랐다.

전투가 시작되기 전에 연후는 두 여인에게 담장을 넘어서는 적을 맡아 달라고 했었다.

그런 이유로 지금까지는 담장 너머에서 대기하고 있던 두 여인이 방어선 곳곳이 위험해지는 것을 목격하고는 직접 나선 것이다.

동방리의 모습은 이내 무사들에 가려졌다.

연후는 다시 적들을 향해 공격을 퍼부었다. 이제 그의

주변에는 적이 거의 없었다.

달려들기도 전에 혈마번과 방패 때문에 갈기갈기 찢겨 날아가니 공멸 부대도 소용이 없었다. 오히려 공멸 부대가 담장을 오르기 전에 폭발하는 바람에 죽어 간 적 병력이 더 많았다.

때문에 좌측을 공략하기 위해 몰려들었던 적들이 점점 중앙 쪽으로 이동하고 있었다.

적들에게 연후는 도저히 넘을 수 없는 장벽이었으며, 철혈가의 무사들에게는 하늘이 내린 신장(神將) 같은 존재였다.

그의 존재 덕분에 철혈가의 무사들은 사기 백배하여 더욱더 용맹하게 싸울 수 있었다.

위이잉!

퍼퍼퍽!

연후의 손을 떠난 혈마번이 또 한 번 커다란 피보라를 일으켰다. 그를 피해 중앙 쪽으로 이동하던 적들이 갈기갈기 찢겨 날아갔다.

"으……."

몇몇 적들이 공포를 이기지 못하고 그 자리에 주저앉았다. 그런 그들의 머리 위로 철혈가의 무사들이 날린 암기가 쏟아졌다.

퍼퍼퍽!

"크악!"

"끄아악!"

연후는 무사들을 독려했다.

"죽을 각오로 자리를 지켜야 한다! 너희들이 물러서지 않으면 적은 결코 담장을 넘지 못한다! 알겠느냐!"

"예!"

우와악!

연후는 중앙 쪽으로 이동했다.

이미 담장 위 곳곳에서 혈전이 벌어지고 있었다. 아무리 막아도 끝없이 밀려드니 담장 위를 허락하지 않는다는 것은 불가능한 일이었다.

그나마 다행이라면 곳곳에 주요 고수들이 포진하고 있어서 쉽사리 넘어서는 것을 허용하지 않고 있다는 점이었다.

연후는 적진을 바라봤다.

나백이 가까이 다가와 있었다.

연후는 떨어진 창 하나를 들고 공력을 담아 힘껏 던졌다.

쐐애액!

허공을 찢으려 날아간 창은 나백의 곁을 지키던 한 무사의 몸을 꿰뚫었다.

퍽!

"킥!"

나백이 고개를 들어 연후를 바라봤다.

둘의 시선이 한순간 얽혀들었다.

연후는 나백을 향해 싸늘히 외쳤다.

"직접 올라와 보지그래."

"곧 그곳에서 만나게 될 것이다, 이연후."

* * *

"적의 방어가 점점 약해지고 있습니다!"

"이대로 조금만 더 밀어붙이면 담장을 넘어갈 수 있습니다, 대궁주!"

나백의 측근들이 연이어 외쳤다.

나백은 분노 어린 눈빛으로 철혈가의 담장 곳곳을 쓸어보았다.

모두는 곧 뚫어 낼 거라 들떠 있었지만 그는 결코 기뻐하지 못했다.

'이렇게 견고했다니……'

정문까지 이어지는 길목의 기관만 해결하면 어렵지 않게 방어선을 무너뜨릴 수 있을 거라 여겼다.

하지만 전투가 시작되고 두 시진이 지났건만 여전히 담장을 넘어서지 못하고 있었다.

그 와중에 죽어 간 병력만 거의 일만이 넘었다. 먹잇감으로 내준 후군 이만까지 더한다면 삼만의 병력이 사라진 셈이었다.

그럼에도 아직까지 진전은 없었고, 시간이 흐를수록 초조함만 커져 갔다.

초조함의 이면에는 동영을 향한 분노도 섞여 있었다.

'풍천, 이놈이 설마……'

분노는 의심으로 바뀌어 갔다.

'우리와 철혈가가 양패구상을 하면 그때 나서겠다는 것인가?'

바르르…….

흔들리는 눈빛에 살광이 담겼다.

만약 그렇다면 설사 이 전쟁을 승리한다 해도 이후가 문제였다.

자신들과 동영 간의 힘의 균형이 무너진다?

'풍천, 이 개만도 못한 종자가 감히 나를…….'

* * *

철혈가 서쪽 방어선.

풍천은 바람을 타고 흘러드는 처절한 혈전의 소음을 들으며 싸늘히 웃었다.

"지금쯤이면 피 터지게 싸우고 있겠군. 후후후."

"만에 하나 북해빙궁이 패하면 문제가 심각해지지 않 겠습니까?"

한 측근이 우려 섞인 말을 내놓았다.

풍천이 고개를 저었다.

"인정하고 싶지 않지만 북해빙궁은 중원 놈들 못지않 게 만만치 않은 놈들이다. 특히 대궁주 나백은 이연후와 마찬가지로 나조차 승패를 장담할 수 없는 고수지."

풍천은 인간적으로는 나백이 마음에 들지 않았지만, 실 력만큼은 내심 인정하고 있었다.

그렇지 않았다면 중원을 무너뜨리기 위해서라고 한들 손을 내밀지도 않았을 터였다.

"설령 북해빙궁이 패하더라도 중원 놈들의 피해 또한 만만치 않을 터. 우리는 힘 빠진 호랑이를 편안히 사냥하 면 되는 것이다."

"하지만……."

"걱정 말거라. 이제 곧 철혈가로 진격을 할 테니까."

풍천은 시선을 들어 전방을 바라봤다.

우거진 숲 때문에 전황이 어떻게 흘러가는지 확인할 순 없지만 투입한 병력의 수를 믿었기에 전혀 걱정하지 않았다.

"누가 가서 상황이 어떻게 흘러가는지 확인토록 하라!"

"예!"

측근 한 명이 소수의 무사들과 함께 달려 나가려 할 때였다. 전방에서 인자 한 명이 바람처럼 달려오는 것이 보였다.

풍천의 미간에 슬며시 주름이 잡혔다. 달려오는 인자의 표정이 뭔가에 놀라도 크게 놀란 것처럼 보였기 때문이다.

"변수라도 발생한 건가?"

휘리릭!

"태합 전하! 독인이…… 독인이 나타났습니다!"

"뭐라?"

"독인 때문에 병력의 피해가 이만저만이 아닙니다! 또한 지금껏 능선조차 넘어가지 못하고 있습니다!"

여유만만했던 풍천의 얼굴이 굳어졌다.

독인의 무서움을 어찌 그라고 모를까.

"신무기도 통하지 않는단 말이냐!"

"독인이 워낙에 신출귀몰하게 움직여서 제대로 조준조차 못하고 있습니다!"

"이런……."

풍천이 시선을 들어 다시 전방을 바라봤다.

'하면 이 비명들이 모두 아군이…….'

"속하가 가겠습니다."

뒤에서 한 녹포인이 조용히 나섰다.

마치 죽은 자의 그것 같은 분위기를 풍기는 자였는데, 그자의 뒤로 같은 복장을 한 자들 백여 명이 풍천을 직시하며 도열해 있었다.

 풍천은 갈등했다.

 녹포인들은 동영의 최정예들로 구성된 풍천의 직할 부대였다. 풍천은 이들을 이연후와 나백을 비롯한 적의 최고수들을 상대할 때 써먹기 위해 지금껏 전력을 보존 중이었다.

 '이들은 여기서 한 명도 잃어선 안 된다.'

 결국 풍천은 녹포인의 청을 거부했다.

 "아직 너희들이 나설 때는 아니다. 인자조를 더 투입하라!"

 "예!"

 일천의 인자들이 전방을 향해 달려 나갔다.

 풍천은 섭선을 펼쳐 달아오른 얼굴을 식히며 눈빛을 가라앉혔다.

 '철혈가의 독왕이 혹시 독인인 걸까? 그럴 가능성이 높지만, 만약 그렇지 않다면……'

 독왕에 견주는 독공의 고수가 한 명 더 중원에 존재한다는 것이었다.

 갑자기 등골이 서늘해졌다.

 사실 풍천이 연후 다음으로 주의하고 있는 존재가 바로

독왕 육손이었다.

우드득!

풍천의 꽉 쥔 주먹에서 뼈마디 부딪치는 소리가 흘러나왔다.

"그래 봤자 제깟 놈도 피와 살로 이루어진 인간일 터. 시간은 지체될지언정 대세에 지장은 없다."

* * *

까가강!
콰콰콱!
"크악!"
"으악!"

야월과 우문적은 필사적으로 싸웠다. 둘 다 죽음을 두렵지 않았지만 이 전쟁을 위해서라도 여기서 죽을 순 없었기에 땅을 구르는 것도 마다하지 않았다.

서문회를 견제하느라 둘의 행동반경은 자연스럽게 좁아질 수밖에 없었고, 그것이 곧 절대적인 열세로 이어지는 결과를 낳았다.

콰콰쾅!

적의 신무기가 일제히 불을 뿜었고, 그중 한 발이 우문적의 팔을 관통했다.

퍽!

"욱!"

야월의 손을 떠난 다섯 줄기 지풍이 적의 머리를 날렸다. 야월은 재빨리 우문적의 팔을 붙잡고 뒤로 몸을 날렸다.

"어이, 쪽팔리게 이 손 좀 놓지?"

"무리하지 마라. 여기서 죽으면 협곡에 가 있는 수하들은 누가 이끈단 말이냐."

"그게 아니라 놈들이 우리 뒤에도 있다."

"……!"

야월이 우문적의 팔을 놓았다.

우문적은 다친 팔을 이리저리 흔들어 보고는 검을 고쳐 잡았다.

"기회를 봐서 빠져나가라. 내가 놈들을 잡아 둘 테니까."

"너 혼자로는 어림도 없다, 우문적."

"어림은 없겠지만 시간을 끌 정도는 된다. 그리고 네 말처럼 협곡에 가 있는 병력을 이끌 사람은 있어야지."

씨익.

우문적이 이를 드러내며 웃었다.

"나보다는 네가 더 잘할 것 같아서. 흐흐흐."

그때였다. 뒤쪽에서 섬뜩한 기운이 날아들었다.

야월과 우문적이 동시에 돌아서며 일검을 날렸다.

퍼퍽!

"컥!"

"켁!"

인자 두 명이 상하체가 분리되며 꼬꾸라졌다.

우문적이 한 차례 휘청거렸다. 그 와중에 날아든 적의 신무기에 팔에 관통상을 입은 것이다.

공력의 소모가 큰 상태에서 관통상은 매우 치명적이었다.

콱!

우문적이 야월의 멱살을 움켜쥐었다.

"내가 처음으로 네놈한테 부탁 좀 하자. 우리 아이들…… 네가 좀 살려 줘야겠다. 못난 주인 만나서 대접도 제대로 못 받고 살아온 놈들인데 여기서 개죽음을 당하게 할 순 없잖아. 부탁한다, 야월."

"네놈 부탁 따위를 내가 들어줄 것 같나?"

"이 새끼……."

"네놈 수하들은 네놈이 챙겨. 그러니 그만 징징대고 집중해라, 우문적."

콰콰쾅!

둘은 재빨리 바위 뒤로 몸을 던졌다. 간발의 차이로 바위에서 돌가루가 치솟았다.

콰콰콰콱!

그게 끝이 아니었다. 느긋하게 지켜보던 서문회가 검에 강기를 끌어 담은 채 둘을 향해 다가왔다.
"견원지간이었던 놈들의 눈물겨운 우정인가? 후후후."
팟!
야월이 섬전처럼 움직였다.
거의 동시에 서문회가 반응했다.
꽈광!
순식간에 세 번의 공방을 주고받고 떨어지는 두 사람.
야월의 팔에서 피가 흘렀다.
주르륵!
우문적이 야월의 앞을 막아섰다.
[고집부리지 말고 내 말대로 해라, 야월.]
그때였다.
[숙이십시오!]
숲 뒤에서 한 줄기 전음성이 흘러나왔다.
야월과 우문적은 반사적으로 몸을 숙였다. 그런 그들의 머리 위로 시커먼 물체 두 개가 허공을 가르며 서문회와 적들을 향해 날아갔다.
펑펑!
폭음과 함께 녹연이 피어올랐다.
야월이 뒤를 돌아봤다.
숲을 헤치며 황태가 모습을 드러냈고, 뒤이어 박찬이

나섰다.

우문적이 황태를 보고는 씩 웃었다.

"난 또 죽은 줄 알았네."

"정신없이 싸우다 형님을 놓쳤소. 한데 괜찮으시오?"

"한 방 맞았는데…… 더럽게 아프지만 버틸 만해. 내가 이 정도에 쓰러질 사람은 아니잖아."

그때였다.

"끄아아!"

"크아악!"

"독이다! 피해라!"

갑자기 적들이 무더기로 쓰러지기 시작했다. 서문회의 장포에서는 새파란 불꽃이 일었다.

서문회는 재빨리 불꽃을 끄려 했지만 도저히 꺼지지가 않자 장포를 벗어 던졌다.

"해동의 박찬입니다. 뒤쪽에 매복했던 인자들은 이분과 제가 모두 처치했으니 속히 협곡으로 가시지요."

우문적이 박찬을 보며 미간을 좁혔다.

"왜 우는 거지?"

박찬이 울고 있었다.

그가 버럭 소리를 질렀다.

"이러고 있을 시간이 없습니다! 어서 협곡으로 가세요!"

황태가 나섰다.

"어서 갑시다, 형님."

* * *

"파(破)!"

천인장의 명령에 혈왕군들이 적들을 향해 방패를 뻗었다.

칼날처럼 날카롭게 변한 방패는 근접전에서 그 어떤 무기보다 강력한 위력을 자랑했다.

"크악!"

"으아악!"

"부상을 입은 놈들은 놔두고 멀쩡한 놈들부터 죽여라!"

"개새끼들! 모조리 대갈통을 부숴 버려!"

콰지직!

"크아악!"

"으악!"

철혈가 서문의 전투도 혈전이었다.

수적으로는 엇비슷했지만 이곳으로 온 북해빙궁의 병력은 정예들로 구성되어 있었다. 그랬기에 천하의 혈왕군도 일방적으로 몰아치지는 못했다.

하지만 전세는 서서히 혈왕군 쪽으로 기울어 가고 있다. 공격력도 공격력이지만 방패를 이용한 혈왕군의 방어력이 워낙에 압도적이었던 까닭이었다.

신휘는 선두에서 싸웠다.

이미 그의 검에 쓰러져 간 적들의 수는 헤아릴 수 없을 정도로 많았고, 그중에는 한 부대의 수장들도 몇 명 섞여 있었다.

"빌어먹을! 하필이면 혈왕군이라니……."

"저 방패 때문에 공멸 부대도 통하지가 않습니다!"

"크악! 빌어먹을!"

신휘는 방패를 지니지 않았다. 하지만 그의 주변을 둘러싼 호위 부대가 문제였다.

공멸 부대가 달려들면 그들이 신휘의 앞을 막아섰고, 폭발을 하면 방패를 이용해 신휘를 보호하고 있었다.

그 와중에 꽤 많은 호위들이 쓰러졌지만 빈자리는 다른 혈왕군이 메우는 바람에 지금껏 신휘의 털끝조차 건들지 못하고 있었다.

슈아악!

한 줄기 강기가 한 거한의 목을 날려 버렸다.

퍽!

북해빙궁의 천인장이었다.

다른 곳에 신경을 쓰다가 신휘가 날린 강기를 미처 보지 못한 허망한 죽음이었다.

부대 전체를 이끄는 중년인이 공력을 담아 고래고래 악

을 썼다.

"물러서지 말고 계속 공격하라!"

"전주님! 적의 밀집 대형을 도저히 뚫을 재간이 없습니다! 공멸 부대도, 화살도 도저히 모조리 방패가 막아 버리고 있습니다!"

"닥쳐라! 여기서 물러서면 혈왕군은 철혈가의 정문 방어에 나설 것이다! 하면 아군 전체가 위험해진다!"

"하지만……."

"네 이놈!"

서걱!

잘린 머리가 땅으로 떨어졌다.

중년인은 다시 악을 썼다.

"공격하라! 공격!"

우와아아!

적들이 대형을 잡고 다시 밀려들기 시작했다.

신휘는 크게 심호흡을 하며 검을 고쳐 잡았다.

"후우욱!"

이글거리는 눈빛은 살광이 가득했고, 피가 엉겨 붙은 입술은 단 한 명의 적도 넘어서지 못하게 할 것이라는 결의를 담고 있었다.

콰콰쾅!

"으악!"

"으아악!"

좌측에서 폭발이 일었다.

신휘의 두 눈에 가랑잎처럼 날아가는 혈왕군의 모습이 비수처럼 박혀 들었다.

현시점에서 적의 공멸 부대는 혈왕군에게 있어 최악, 최강의 적이었다.

그때 신우가 외쳤다.

"형님! 그냥 돌격하시지요!"

"적이 공멸 부대를 다 소모할 때까지 기다린다."

신휘의 두 눈이 불꽃을 머금었다.

하지만 머리는 얼음장보다도 더 차가웠다.

콰콰쾅!

전장 곳곳에서 폭발이 일었다. 그때마다 방어선 앞쪽에 포진했던 혈왕군들이 피를 뿌리며 쓰러졌지만 신휘는 조금도 동요하지 않았다.

'버텨라. 시간은 곧 지나간다.'

꽈악!

치아가 파고든 입술이 파리하게 죽어 갔다.

그러기를 얼마나 흘렀을까?

"형님! 적의 공멸 부대가 모두 소진된 것 같습니다!"

신휘의 두 눈이 다시 불꽃을 머금었다. 뒤이어 두터운 입술을 뚫고 명령이 떨어졌다.

"돌격 대형으로 전환한다."

"돌격 대형으로 전환하라!"

"혈왕군! 돌격 대형으로!"

처처척!

전투가 시작된 이후로 지금껏 방어 대형으로 적에 맞섰던 혈왕군이 돌격 대형으로 바꿔 가기 시작했다.

치르륵!

신휘의 검이 다시 강기를 머금어 갔다.

"이곳을 정리하고 정문으로 간다."

"예!"

"혈왕군. 돌격하라."

"돌격하라!"

와아아아!

* * *

전투에 뛰어들지 못한 채 대기하고 있던 하급 무사들은 돌덩이를 나르느라 여념이 없었다. 일부 아녀자들도 무사들을 도왔다.

"대장간의 쇳덩이들도 모조리 가져오세요!"

"예!"

송영은 날릴 수 있는 모든 것을 끌어모았다. 시간이 흐르면서 석차 주변에 흙이 잔뜩 묻은 돌덩이들과 쇳덩어리들이 쌓이기 시작했다.

"각도를 높여 탄착 지점을 최대한 앞으로 당기세요!"
"예!"
끼끼끼…….
석차가 급격하게 기울어졌다.

그러다가 한 대가 중심을 잃고 뒤로 쓰러졌다. 가까이 다가온 적을 공격하기 위해 각도를 높이다가 그만 지지대가 부러지고 만 것이다.

우지끈!
"피해라!"
"으악!"
무사 몇 명이 미처 피하지 못하고 석차에 깔렸다.
송영은 질끈 입술을 깨물고는 명령을 내렸다.
"공격하세요!"
"공격하라!"
끼끼끼…….
콰앙!
돌덩이들이 거의 수직으로 날아오르기 시작했다. 새카맣게 올라간 돌덩이들은 담장 근처까지 다가온 적들을 덮쳤다.

쿠쿠쿠쿵!

"크아악!"

"으악!"

"쇳덩이로는 적의 중군을 노리세요!"

끼끼끼…….

콰앙!

쐐애애액!

모든 석차가 탄착 지점을 앞으로 당긴 것이 아니었다. 송영은 상대적으로 더 멀리 날아갈 수 있는 쇳덩어리들로 적의 후방을 노렸다.

그중 상당수가 나백의 근처에 떨어졌다.

퍼퍼퍽!

"크아악!"

"끄아악!"

"대궁주! 적의 석차가 다시 공격을 시작했습니다!"

"모두 대궁주를 호위하라!"

호위 병력이 나백의 주변을 철통처럼 에워쌌다. 하지만 머리 위, 하늘까지 막을 순 없는 노릇. 쇳덩어리 몇 개가 떨어지며 처절한 비명이 터졌다.

콰콰콱!

"우악!"

"크악!"

나백은 전마에서 내려 앞으로 달렸다.

가만히 서 있으면 그저 맞추기 쉬운 표적이 될 뿐이었다.

하지만 북해빙궁의 모든 무사들이 그처럼 움직일 수 있는 건 아니었고, 계속해서 떨어지는 쇳덩이에 피해는 늘어만 갔다.

제대로 싸워 보기도 전에 병력을 잃은 셈이었으니 뼈아프지 않을 수 없었다.

'풍천…… 이 찢어 죽여도 시원찮을 놈…….'

풍천을 향한 원망이 점점 커져 가고 있었다.

그때 한 측근이 외쳤다.

"대궁주! 이대로 더 피해를 입으면 추후 동영이 딴마음을 품을 수도 있습니다! 차라리 퇴각을 명하시고 동영이 합류하기를 기다리는 것이 좋겠습니다!"

"속하의 생각도 그러합니다! 전력의 균형이 무너져 동영이 엉뚱한 마음을 품는다면 그땐 대처할 방법이 사라지게 됩니다!"

"속히 퇴각 명령을 내려 주십시오!"

한 사람이 생각을 드러내자 눈치를 살폈던 다른 측근들까지 이구동성으로 외치고 나섰다.

바르르…….

나백의 얼굴이 경련을 일으켰다. 안 그래도 그 또한 그 점을 우려하고 있던 차였다.

나백은 철혈가를 응시했다. 여전히 담장을 가운데 두고

혈전이 벌어지고 있었지만 어느 한 곳도 돌파를 하지 못하고 있었다.

그때였다.

두두두!

한 기의 인마가 서쪽에서부터 질풍처럼 달려왔다.

"대궁주! 서문 공략에 나선 아군이 혈왕군에 막혀 퇴각하고 있습니다!"

"뭣이!"

"혈왕 신휘가 혈왕군을 이끌고 그곳을 지키고 있었습니다!"

"대궁주! 그렇다면 혈왕군도 곧 가세하게 될 것입니다! 그 전에 속히 병력을 물려야 합니다!"

꽈악!

치아가 파고든 입술에서 피가 뚝뚝 떨어졌다. 뒤이어 통한의 명령이 입술을 뚫고 흘러나왔다.

"퇴각하라."

둥둥둥!

뿌우웅!

* * *

추광의 검에서 피가 뚝뚝 떨어졌다.

불과 얼마 전까지 자신의 수하였던 자들의 목을 베는 그의 심정은 필설로 형용이 불가할 정도로 쓰리고 또 쓰렸다.

"더러운 배신자!"

"뒈져!"

두 명의 적이 추광을 향해 달려들었다.

하지만 다가서기도 전에 악소의 검에 두 동강이 난 채 담장 아래로 추락했다.

퍼퍽!

"크악!"

"끄악!"

악소가 추광을 응시하며 말했다.

"검이 너무 무딘 것 같은데?"

추광의 속내를 찌르는 말이었다.

"……쉽지가 않소."

"이해는 하지만 당신이 원하는 것을 얻으려면 지금보다 더 필사적으로 싸워야 할 거야."

"……."

꽈악!

"알겠소."

추광은 입술을 깨물며 눈빛마저 고쳤다.

'다시는 되돌아갈 수 없는 길을 건너왔다. 하니 오직 내

가 원하는 것을 위해 싸운다.'

추광은 담장 위로 올라서는 적들을 향해 달려들었다. 비록 항복을 한 몸이지만 그는 북해빙궁에서도 손에 꼽히던 고수였고, 그 검의 위력은 어지간한 빙궁의 무사들은 감당할 수 없었다.

까가강!

"크악!"

"우악!"

"나를 버린 건 대궁주다! 으와왁!"

추광은 미친 사람처럼 칼춤을 추었다.

그때였다.

둥둥둥!

뿌우웅!

적 후방에서 북과 나팔 소리가 울리더니 적들이 빠져나가기 시작했다.

"적이 물러간다!"

"우와아아!"

추광은 고개를 들어 나백이 있는 곳을 바라봤다. 나백이 호위 병력과 함께 물러서고 있었다.

바르르…….

흔들리는 추광의 뺨을 타고 눈물이 흘러내렸다.

'그러게 왜 나를 버렸소. 고작 이따위로 싸울 거였으면

내게 기회를 줄 수도 있었지 않소.'

추광은 그렇게 외치고 싶었다.

털썩!

추광은 기어코 딱딱한 담장 위로 쓰러지듯 무릎을 꿇었다. 그러고는 고개를 떨어뜨리며 흐느꼈다.

그런 추광을 응시하는 악소의 눈빛이 얼음장보다 더 차갑게 내려앉아 있었다.

"이해를 해 주는 건 여기까지. 다시 한번 이런 모습을 보인다면 당신의 진정성을 의심하게 될 것이다, 추광."

* * *

"후우욱!"

연후의 입술을 뚫고 뜨거운 숨이 흘러나왔다.

그는 자욱하게 피어오른 피안개 너머를 응시하며 천천히 검을 거두었다.

철컥!

"주군!"

측근들이 다가왔다.

연후는 그들을 살폈다. 너 나 할 것 없이 피로 목욕을 한 듯 혈인이 되어 있었지만 눈빛은 여전히 살아 있었다.

저만치에서 동방리가 달려왔다. 한 걸음 내디딜 때마다

그녀의 몸에서 피가 뚝뚝 떨어졌다.

"괜찮아요?"

"난 괜찮소. 당신은……."

"저도 괜찮아요."

와아아!

철혈가 곳곳에서 우레와 같은 함성이 터졌다. 송영의 석차는 마지막 남은 돌덩이와 쇳덩어리를 날려 퇴각하는 적을 공격했다.

이정무가 연후의 곁으로 올라섰다.

둘의 시선이 얽혀들었다.

"수고했소."

연후는 곧장 측근들을 향해 지시를 내렸다.

"서쪽으로 사람을 보내어 상황을 알아보거라."

"예!"

무사 몇 명이 황급히 서쪽으로 떠났다. 연후는 서쪽을 응시하며 숨을 골랐다.

이정무가 말했다.

"월가와 황하수련이 실로 큰일을 해냈소. 두 가문의 병력만으로 동영의 대군을 막는다는 것은 거의 불가능에 가까웠을 텐데…… 그들이 기적을 만들어 낸 것 같소."

연후를 비롯한 모두의 생각이 그러했다.

연후조차도 최대한 시간을 끌어 주면 그것으로 충분하

다고 생각했다. 그런데 동영은 북해빙궁이 물러갈 때까지 나타나지 않았다.
 연후는 야월과 우문적을 떠올렸다.
 '그들이 기적을 만들어 낸 걸까. 아니면 풍천이 다른 마음을 품은 것일까.'

3장
최후의 전쟁(5)

최후의 전쟁(5)

서문회는 한 줌 재가 되어 흩날리는 장포를 응시하며 눈빛을 떨었다.

'천하에 이런 독이 있었다니……'

그는 조금 전의 상황을 떠올렸다.

처음 장포에서 불꽃이 일었을 땐 대수롭지 않게 여겼다. 그런데 어떻게 된 것이 한 번 일어난 불꽃은 도무지 꺼지지가 않았다.

더불어 아주 섬뜩한 기운이 몸속으로 파고드는 것 같아 재빨리 장포를 벗어 던질 수밖에 없었다.

파스스…….

바람에 휩쓸린 재가 서문회의 머리와 머리카락을 하얗게 덮었다.

서문회는 뒤를 돌아봤다.

꿈틀.

'독탄 두 방에 이렇게까지 죽어 버리다니……'

함께 올라왔던 자들 중 절반이 죽어 나뒹굴고 있었다. 살아남은 자들도 피를 토하며 고통에 몸부림치거나 서서히 의식을 잃어 가고 있었다.

'빌어먹을 독……'

그때였다.

"크아악!"

"끄아아!"

능선 아래쪽에서 처절한 단말마가 연이어 터져 나왔다.

"독인이다! 독인이 나타났다!"

"피해라!"

서문회의 눈썹이 다시 한번 날카롭게 휘어졌다.

'독인이라니.'

쾅!

땅을 박차고 뛰어오른 서문회는 능선 위쪽의 숲으로 올라섰다. 그러자 능선 아래쪽에서 벌어지고 있는 참상이 적나라하게 드러났다.

녹연에 휩싸인 동영의 병력들이 허수아비처럼 쓰러지고 있었다. 몇몇은 조금 전에 자신이 당했던 청화(靑火)를 뒤집어쓴 채 고통에 울부짖고 있었다.

산 채로 타들어 가는 고통을 어찌 필설로 형용할 수 있으랴.

서문회는 능선 위에 서 있는 육손을 응시했다.

'동영의 신무기가 독인에게도 통할까?'

그는 재빨리 좌측을 돌아봤다. 살아남은 자들 중에 거대한 신무기를 사용하는 자가 있었다.

"뭘 꾸물거리는 것이냐! 어서 저놈을 죽여라!"

"예!"

신무기를 든 자가 재빨리 땅에 엎드리며 육손을 겨냥했다. 또 다른 자가 툭 올라와 있는 심지에 불을 붙였다.

치이익!

빠르게 타들어 가는 심지.

'이쪽은 신경조차 쓰지 않고 있다. 하면 제아무리 독인이라도……'

서문회의 두 눈이 기대감으로 빛을 발했다.

한데 그때였다.

팟!

육손이 한순간 연기처럼 사라져 버렸다. 거의 동시에 신무기가 폭음을 일으켰다.

쾅!

'이런……'

서문회는 육손을 좇아 시선을 돌렸다. 하지만 육손의

모습은 어디에서도 찾아볼 수가 없었다.

'엄청난 경공술이다. 멈춘 자세에서 그렇게 빨리 사라질 수가 있다니……'

아수라마공을 익혀 세상에 무서울 것이 없는 서문회조차도 육손의 가공할 경공술에 등골이 서늘해지는 기분이었다.

'시간을 더 지체할 순 없다. 더 지체했다가 북해빙궁이 패하기라도 하는 날에는 모든 것이 물거품이 될 수도 있다.'

나백만큼이나 서문회도 풍천의 늑장에 울화통이 터질 지경이었다.

쾅!

땅을 박차고 뛰어오른 서문회가 향한 곳은 야월 등이 물러간 북쪽이 아니라 동영의 본대가 올라오고 있는 남쪽이었다.

잠시 후 서문회는 나백의 앞으로 다가갔다.

"매복을 한 적들은 거의 물리쳤으니 이제 진격 속도를 올리시오!"

"확실하오?"

"내가 거짓말을 할 사람처럼 보이시오?"

"조심해서 나쁠 건 없으니까. 하니 오해는 마시오. 그나저나 저 앞에 독인이 나타났다고 하던데…… 혹시 보셨소?"

"독인 하나 때문에 진격을 늦출 순 없지 않겠소. 이미 시간이 꽤 지체되었으니 서둘러 가지 않으면 천추의 한을 남길 수도 있소, 태합."

서문회의 단호한 어조에 풍천은 슬며시 미간을 좁혔다. 하지만 이내 고개를 끄덕였다.

"알겠소. 하면 전속으로 진격하겠소."

"전속이다! 속도를 올려라!"

둥둥둥!

드디어 동영의 본대가 진격 속도를 빨리하자 서문회는 비로소 안도의 숨을 내쉬었다.

그때 풍천이 물었다.

"장포는 어찌하였소?"

"전투 중에 찢어져서 버렸소."

"제법 치열했나 보오? 천하의 서문 공이 장포를 다 잃다니 말이오."

'무슨 말이 하고 싶은 것이냐, 풍천.'

서문회는 목구멍까지 올라온 말을 애써 집어삼키고는 동영의 본대보다 앞서 달렸다.

가면서 그는 숲 곳곳을 날카롭게 살폈다. 만약 독인이 다시 나타난다면 동영은 상당한 피해를 입을 수밖에 없으리라.

서문회의 우려는 잠시 후에 현실로 이어졌다.

본대가 거의 능선을 타고 넘어갔을 때, 후미가 육손의 공격을 받았다.

"독인이다!"

"크악!"

"으아악!"

독인이 된 육손의 독공은 전과는 비교조차 할 수 없이 강력했다.

어지간한 고수들조차 한 번 중독되면 대응하지 못할 뿐 아니라, 독이 퍼져 나가는 속도 또한 배는 빨라졌다.

그에 본대의 후미가 아수라장이 되었지만 워낙에 대군이었던 까닭에 풍천은 그 사실을 알 수가 없었다.

* * *

휘이잉!

몇 차례 공격을 퍼부은 육손은 공력을 회복하기 위해 다시 물러서야만 했다.

독인이라고 해도 공력의 한계는 존재했다. 만약 그 한계를 무시한다면 이지를 상실한 괴물이 되고 말 터였다.

"후욱!"

육손은 뜨겁게 달궈진 육신을 식히는 한편, 그만의 심

법으로 고갈된 공력 회복에 힘썼다.

'이제 적을 앞질러 가서 진격 속도를 늦춰야 한다.'

적을 앞질러 가는 것은 어렵지 않은 일이었다. 독인이 되면서 전반적인 능력이 상승했으니 경공술로 따라붙는다면 금방 앞지를 수 있었다.

해서 육손은 공력을 최대한 회복하는 것에 주력했다.

그러기를 얼마나 지났을까?

스스슥.

뒤쪽 숲이 흔들렸다.

육손의 두 손이 독광을 번뜩였다. 하지만 숲을 헤치며 나선 자의 정체를 확인하고는 손을 거두며 눈을 치떴다.

"너 어떻게 나를 찾았어?"

"냄새가…… 나잖아."

괴인이었다.

"아…… 프나?"

"아니, 곧 괜찮아질 거야."

육손은 다소 마음이 놓였다. 괴인이 함께해 준다면 훨씬 도움이 될 터였다.

괴인이 저만치 앞을 달려가는 동영의 본대를 가리키며 혈광을 번뜩였다.

"저놈들…… 죽일까?"

"지금은 아니야. 나중에 나하고 같이 싸워 줘."

"알았어."

*　*　*

철혈가로 향하는 길목에 위치한 마지막 협곡.

월가와 황하수련은 그곳에 진을 쳤다. 각각 부상을 당한 야월과 우문적은 먼지 치료에 힘썼다.

황태가 협곡의 끝에서 남쪽을 바라보며 미간을 좁혔다.

적의 선두가 보이기 시작했다.

'진격 속도가 빨라졌군.'

훌쩍.

뒤에서 훌쩍이는 소리에 황태는 고개를 돌렸다. 박찬이 한쪽에 쪼그리고 앉아 훌쩍이고 있었다.

"이봐. 아까부터 왜 자꾸 우는 거지?"

황태의 물음에 박찬은 대꾸하지 않았다. 육손이 스스로 독인이 된 것을 아직 아무에게도 말하지 못한 박찬이었다.

마침 먼저 협곡으로 왔던 서백이 주변 정찰을 마치고 돌아오다가 박찬을 발견하고는 다가왔다.

박찬이 얼굴을 들었다.

눈물로 범벅인 박찬의 얼굴을 보며 서백은 그 자리에 멈췄다. 박찬과 함께 있어야 할 육손이 보이지 않음을 비로소 깨달은 것이다.

"육손 님이……."

차마 말을 잇지 못하는 박찬.

서백의 얼굴이 창백하게 변해 갔다.

"녀석은…… 어디 있소?"

* * *

혈전의 상흔은 매우 크고 깊었다.

비록 적을 막아 냈지만 전각 몇 채가 다시 소실되었고, 수많은 무사가 죽거나 다쳤다.

가장 희생이 컸던 곳은 담장 위에서 적을 맞았던 병력이었다. 그곳은 제대로 걸어 다닐 수가 없을 정도로 적과 아군의 시신들로 가득했다.

살아남은 무사들은 동료의 시신을 수습하며 오열했고, 죽은 무사들의 가족들이 터트리는 절규로 철혈가는 비통에 잠겼다.

하지만 연후는 비통할 시간조차 없었다.

언제 또 적이 쳐들어올지 모르니 이곳저곳을 다니며 전열 정비에 온 힘을 쏟아야 했다.

그러던 터에 신휘와 혈왕군이 돌아왔다.

신휘는 철혈가의 곳곳을 둘러보며 눈빛을 가라앉혔다. 이렇게까지 참혹하게 파괴된 철혈가의 모습은 그조차도 지켜보기 힘든 것이었다.

"대원수!"

송영이 다가왔다.

신휘는 전마에서 내려 송영의 어깨에 손을 얹었다.

"수고했다."

"아닙니다. 한데 괜찮으신겁니까?"

"난 괜찮아. 주군은?"

"대전각에 계십니다."

신휘는 송영의 어깨를 다독거려 주고는 대전각으로 향했다.

대전각의 입구에 김철을 비롯한 해동의 주요 고수들이 앉아 있다가 신휘가 들어서자 모두 자리에서 일어나 포권을 취했다.

"다들 고맙소."

"별말씀을요. 어서 들어가 보시지요."

신휘는 안으로 들어갔다.

이정무를 비롯한 주요 수뇌들이 모여 있었다. 하지만 연후는 보이지 않았다.

"어서 오십시오, 대원수."

"주군은 어디 계시나?"

"방에 계십니다. 곧 나오실 테니 앉으시지요."

신휘는 연후의 방을 응시하고는 자리에 앉았다.

잠시 후 연후가 방에서 나왔다.

둘의 시선이 허공에서 얽혀들었다.

신휘가 흐릿하게 웃었다. 말은 필요 없이 그것이면 충분했다.

연후가 입을 열었다.

"검가와 귀령가, 그리고 남부군단이 사흘 거리 안쪽까지 올라왔다고 하는군."

"굼벵이가 따로 없군."

"그들로서도 어쩔 수 없었을 거다. 동영의 움직임을 확인하기 전에는 남쪽을 경계했어야 하니까."

연후는 차를 한 모금 마시고는 좌중을 향해 말을 이었다.

"이제 사흘이라는 시간이 정해졌소. 적도 남쪽을 살피고 있을 터이니 그 시간 전에 반드시 공격을 해 올 터. 그때까지 최선을 다해 전열을 정비하도록 하시오."

"알겠습니다!"

"예!"

"군사는 피해 규모를 보고하도록."

"예."

현진이 자리에서 일어나 피해의 규모를 설명하기 시작했다.

설명이 이어질수록 좌중의 분위기는 침통하게 가라앉

앉다. 예상보다 피해 규모가 심각했던 것이다.

가장 우려되는 것은 기관의 재설치 및 재가동이 불가능해졌다는 점이었다.

침통한 분위기 속에 보고를 끝낸 현진이 신휘를 응시했다. 혈왕군의 피해 규모는 그도 모르는 것이었다.

신휘가 무겁게 입을 열었다.

"부상자가 대략 삼천. 전사자는 그보다 훨씬 더 많을 테지."

좌중이 술렁거렸다. 다른 곳도 아닌 혈왕군이 삼천의 사상자를 냈다는 것은 충격적인 일이었다.

"술렁거릴 거 없다. 적은 우리의 몇 배는 더 많은 사상자가 나왔을 테니까. 그러니 먼저 떠난 녀석들도 분하지는 않을 거다."

좌중이 다시 술렁거렸다. 조금 전과는 다른 의미의 술렁거림이었다.

혈왕군이 상대한 북해빙궁의 병력은 그들의 배에 달했다. 병력이 두 배인 적을 상대로 도리어 몇 배에 피해를 입혔음을 감안하면 가히 압도적인 승리라 할 수 있었다.

그때였다.

"주군, 백야벌에서 전령이 도착했습니다."

"들여라."

문이 열리고 무사 한 명이 철우와 함께 들어섰다. 무사는 곧장 연후를 향해 머리를 조아렸다.
"대지존을 뵙습니다!"
"집법원주가 보냈나?"
"예!"
무사는 연후에게 연통을 건넸다. 연후는 즉각 연통을 열어 안에 들어 있던 서찰을 펼쳤다.
모두는 연후의 얼굴을 주목했다.
잠시 후 연후가 서찰을 내려놓으며 말했다.
"벌을 떠난 병력도 사흘 후쯤에야 도착할 것 같군."
그 말에 신휘의 두 눈이 불꽃을 머금었다.
"집법원주, 이 늙은이가……."
"여 원주도 어쩔 수 없었을 거다. 이곳만이 아니라 남쪽 상황도 살펴야 했을 테니까."
"아무리 그래도 대처가 너무 늦었잖아. 하면 병력은 얼마나 보냈다고 하나?"
"오만."
꿈틀!
신휘의 눈썹이 칼날처럼 휘어졌다.
"고작 오만을 보내다니……."
싸늘하게 식어 가는 좌중의 분위기에 눈치를 살피던 전령이 조심스럽게 입을 열었다.
"기동력이 뛰어난 정예 부대 오만을 먼저 보내고, 추후 지원 병력을 더 보낸다고 하셨습니다."

"확실한 거냐?"

"예. 제 귀로 똑똑히 들었습니다!"

"수고했으니 가서 좀 쉬도록 해."

"예. 하면 속하는 이만."

전령이 나가자 연후는 다시 차를 한 모금 마시고는 좌중을 향해 말했다.

"대원수와 군사, 이 대장군만 남고 모두 나가 봐도 좋소."

수뇌들이 물러갔다.

연후가 남은 세 사람을 차례로 응시하며 입을 열려고 할 때였다. 무사 한 명이 들어섰다.

모두가 무사를 주목했다.

무사는 머리를 조아리며 떨리는 목소리로 말했다.

"독왕께서…… 스스로 독인이 되셨다고 합니다."

* * *

대전각의 마당.

백무영을 비롯한 모두가 무거운 얼굴로 연후의 거처를 응시했다.

한쪽에서는 송영이 쪼그리고 앉아 연신 눈물을 훔치고 있었다. 육손의 소식이 전해진 까닭이었다.

백무영이 침통한 어조로 물었다.

"지금 혼자 계신가?"

"예. 대원수를 비롯한 다른 분들은 조금 전에 다 각자의 위치로 돌아가셨습니다."

"충격이 크신 모양이군."

한쪽에 앉아 있던 악소가 물었다.

"지원 병력을 보내야 하는 거 아니오?"

백무영이 고개를 저었다.

"당장 병력을 빼면 이곳이 위험해진다. 이곳이 무너지면 모든 것이 끝난다. 주군께서도 그것 때문에 지원을 허락하지 않으신 것이다."

백무영의 그 말에 모두의 얼굴이 무겁게 굳어 갔다. 백무영이 한쪽에서 훌쩍이고 있는 송영을 힐끗 돌아보고는 서위량에게 눈짓을 보냈다.

[누구보다 충격이 클 터이니 데려가서 다독거려 주도록 해.]

[예, 형님.]

백무영은 연후의 거처를 올려다봤다. 굳게 닫힌 창문 너머로 천이 드리워져 있어서 볼 수 있는 것은 아무것도 없었다.

그때 마당으로 동방리와 서령이 들어섰고, 모두는 동방리를 향해 머리를 숙였다.

동방리는 말없이 연후의 거처를 응시했다. 그러고는 곧 모두를 향해 말했다.

"강인한 분이시잖아요. 그러니 너무 걱정 말고 다들 각자의 자리로 돌아가 전열 정비에 힘써 주세요. 지금은 그것이 주군을 위하는 길이랍니다."

"알겠습니다."

모두가 무거운 발걸음으로 대전각을 빠져나갔다. 다만 한 사람, 철우만은 대전각의 문 앞을 지켰다.

동방리가 말했다.

"철우 님도 좀 쉬세요."

"괜찮습니다."

동방리는 더 말하지 않았다. 말한다고 들을 철우가 아니었기 때문이다.

서령이 동방리를 응시하며 물었다.

"들어가시겠어요?"

"……아뇨. 지금은 혼자 계시게 놔두는 것이 좋을 것 같아요. 우리도 그만 의당으로 가요."

"예."

부상자들을 돌보느라 누구보다 바쁜 동방리였다. 지금도 두 여인의 손에는 피 묻은 천이 잔뜩 담긴 바구니가 들려 있었다.

서령이 돌아서기 전에 철우를 응시했다.

"뭐라도 좀 챙겨 먹지 그래요?"

"충분히 먹었소."

"……."

서령이 무슨 말을 하려다가 그냥 돌아섰다.

철우는 동방리의 뒤를 향해 머리를 숙였다. 그러고는 대전각 뒤쪽의 산악 지대를 힐끗 쳐다보고는 벽에 비스듬히 몸을 기대며 눈을 감았다.

* * *

휘이잉!

바람이 거세게 불어 대는 산의 정상.

연후는 대전각의 거처가 아니라 그곳에 홀로 서 있었다.

독왕께서 스스로 독인이 되셨다고 합니다.

전령의 목소리가 머릿속을 떠나지 않았다.

더불어 육손과 있었던 모든 것들이 주마등처럼 스쳐 지나갔다.

가슴이 저렸다.

지금쯤 육손이 겪고 있을 심적 고통이 어떠할지 잘 알면서도 도우러 가지 못하는 상황이 더욱더 연후를 힘들

게 하고 있었다.

연후는 서쪽을 바라봤다.

'나를 위해서냐?'

예. 그럼요. 저는 주군을 위해서라면 무엇이든 다할 수 있습니다.

육손의 해맑은 목소리가 환청처럼 울렸다.

과거 독인이 되었다가 회복했을 때, 세상 누구보다 환하게 웃던 모습이 겹치며 떠올랐다.

꽈악!

치아가 입술을 파고들었다.

그때 뒤에서 철우가 올라섰다.

"무슨 일이냐?"

"너무 늦어지시는 것 같아서…… 벌써 한 시진이 지났습니다."

"적은?"

"아직 아무런 움직임도 없습니다."

"그럼 그만 내려가 봐."

"알겠습니다."

철우가 연후의 뒷모습을 물끄러미 바라보고는 이내 산을 내려갔다.

연후는 여전히 시선을 서쪽에 둔 채로 바람에 몸을 맡겼다.

'도와주지 못하는 나를 용서해라, 육손.'

* * *

콰콰쾅!

퍼퍼퍽!

나무가 부러지고 수풀이 잘려 허공을 가득 덮었다. 황하수련과 월가의 무사들은 바위와 나무 뒤에 몸을 숨긴 채 적의 공격이 끝나기를 기다렸다.

"빌어먹을! 개 같은 새끼들이 차례로 쏘아 대니 당최 나설 시간이 없잖아!"

우문적이 분통을 터트렸다.

황태는 바위 뒤에서 협곡을 지나가는 적을 내려다보며 미간을 좁혔다.

'신무기를 이용해 우리가 아예 공격에 나서지 못하게 하고 협곡을 빠져나가겠다는 건가?'

적의 본대 절반이 이미 협곡을 빠져나간 상태였다. 그동안에 두 세력의 무사들은 변변한 공격조차 시도해 보지 못했다.

가공할 적의 신무기 때문이었다.

황태는 우문적을 돌아봤다.

"여기서 탄을 많이 소비하게 만드는 것만으로도 소기의 목적은 달성하는 것이니 그만 으르렁대고 좀 진득하게 기다려요. 섣불리 나섰다가는 서문회에게 당할 가능성이 있소."

"빌어먹을……."

그러고 보니 서문회가 보이지 않았다. 보이지 않으니 오히려 더 불안한 것이 사실이었다.

콰콰쾅!

퍼퍼퍽!

우문적과 황태가 몸을 숨긴 바위에서 돌가루가 마구 튀었다.

그때였다.

쐐애액!

파공성과 함께 화살 두 발이 황태와 우문적의 머리를 지나 적을 향해 날아갔다.

콰쾅!

화살은 정확하게 적 한가운데에 떨어졌고, 이내 적들이 혼비백산하며 흩어지는 결과로 이어졌다.

"크악!"

"으아악!"

"독이다! 독탄이다!"

황태는 뒤쪽을 응시했다. 그곳에 서백이 있었다.

쐐애액!

콰콰쾅!

"크악!"

"으아악!"

"꼴좋다! 개자식들!"

우문적의 얼굴이 모처럼 펴졌다.

그때였다.

황태가 서백을 향해 외쳤다.

"적이 능선을 타고 올라오니 조심하라고!"

"예!"

신무기를 든 적들과 그들을 호위하는 병력들이 능선을 타고 올라오기 시작했다.

"적이 더 올라오면 저 친구가 위험해지니 우리 둘이 나서야 할 것 같소."

"알았다."

황태와 우문적이 방패를 챙겨 뛰쳐나갈 준비를 했다.

그때였다.

"엇! 저게 뭐지?"

우문적이 두 눈을 동그랗게 치떴다.

올라오는 적들의 좌측에서부터 녹연이 흘러들고 있었다. 뒤이어 녹연이 덮친 곳에서 적들이 처절한 비명과 함께 쓰러지기 시작했다.

"그 친구가 나타난 것 같소."

"그 친구라니?"

"독왕 말이오."

"괜찮을까? 독인은 이지가 사라진다고 들었는데 말이다."

"그렇지 않을 거요. 이전에도 이지는 멀쩡했으니까."

"끄악!"

"크아악!"

"독인이다! 독인이 나타났다!"

콰콰콰쾅!

적의 신무기가 일제히 좌측 숲을 향해 불을 뿜었다.

지켜보던 서백은 입술을 깨물었다.

'너무 무리하지 마라, 육손.'

끼끼끼…….

서백은 다시 두 발의 화살을 협곡을 빠져나가는 적의 본대를 향해 날렸다.

쐐애액!

콰쾅!

* * *

풍천은 선두에서 움직였다.

이미 그를 비롯한 절반에 육박하는 병력은 협곡을 빠져나와 철혈가로 이어지는 산악 지대의 초입에 들어서고 있었다.

쾅쾅!

저 멀리 잇따라 들려오는 폭음에도 풍천은 결코 걸음을 재촉하지 않았다.

풍천의 곁에 있던 서문회는 그 느긋한 모습에 미간을 좁혔다.

서문회가 외쳤다.

"독인 탓에 예상보다 시간이 너무 지체되었소. 조금 더 서두르는 것이 좋지 않겠소?"

"걱정할 것 없소. 시간이 흐를수록 북해빙궁과 북천, 양쪽의 피해는 더 커질 터. 우리에겐 좋은 일 아니겠소?"

그때였다.

두두두!

전방에서 한 기의 인마가 질풍처럼 달려오는 것이 보였다. 북해빙궁의 전령이었다.

풍천이 피식 웃었다.

"전령을 보낸 지 얼마나 되었다고 또 보내. 그자가 어지간히도 똥줄이 타는 모양이군. 후후후."

"사흘 사이에 두 번이나 전령을 보내는 것을 보니 북해빙궁의 상황이 좋지 못한 모양이외다."

"설마 패배하기야 했겠소."

두두두!

북해빙궁의 전령이 풍천의 앞에서 고삐를 당겼다.

풍천이 먼저 물었다.

"빨리 오라고 보낸 것이냐?"

"예!"

"전황은 어떻게 돌아가고 있느냐?"

"첫 공격을 끝내고 전열을 정비하는 중입니다! 적의 기관을 모두 파괴하였으니 태합께서 합류하신다면 두 번째 공격에서는 쉽사리 북천을 무너뜨릴 수 있을 거라 하셨습니다!"

"확실히 기관을 모두 파괴하였나?"

"그렇습니다! 정찰을 해 본 결과, 적이 기관에 손을 대지 못하고 있었습니다!"

풍천의 입가에 흐릿한 미소가 걸렸다.

'진격을 늦춘 덕을 톡톡히 봤군. 후후후.'

서문회가 물었다.

"중원무림의 지원 병력은 어디쯤까지 도착했는지 살펴보고 있느냐?"

"예! 아직 철혈가로 접근하는 지원 병력은 보이지 않았습니다! 백야벌의 지원 또한 마찬가지입니다!"

전령의 말에 풍천이 서문회를 향해 웃었다.

"하하하! 아직도 지원 병력의 모습이 보이지 않는 것을 보니 공의 작전이 제대로 통했나 보오."

"다행이오."

"너는 속히 돌아가서 우리가 곧 합류할 것임을 알려라!"

"알겠습니다!"

두두두!

전령이 질풍처럼 왔던 길을 되돌아갔다.

풍천은 그런 전령의 뒷모습을 응시하며 차갑게 웃었다.

"우리가 합류하기를 기다리는 것을 보면 첫 번째 전투에서 꽤 큰 타격을 입은 것이 틀림없는 모양이군. 후후후."

'그게 마냥 좋아할 일만은 아니다, 풍천.'

서문회는 지나치게 느긋한 풍천의 태도가 마음에 들지 않았다.

'시간이 지체되면 결국 각지에서 지원 병력이 도착할 것이다. 하니 그 전에 무슨 일이 있더라도 북천을 무너뜨려야 한다.'

* * *

홀로 산의 정상을 찾았던 연후가 돌아온 것은 어둠이

내려앉기 시작한 저녁 무렵이었다.

연후는 곧장 현진, 신휘, 이정무와 회의에 들어갔다.

그렇게 회의가 시작되고 반 시진쯤 지났을 때, 악소가 들어섰다.

"동영의 본대가 반나절 거리 안쪽까지 올라왔다고 합니다. 정찰 시기를 감안하면 반 시진 정도 거리를 더 올라왔다고 보면 될 것 같습니다."

이정무가 말했다.

"서쪽 방어선으로 병력을 보내야지 않겠소?"

"아직은 아니오. 동영이 북해빙궁과 합류를 할지, 아니면 서쪽을 곧장 치고 들어올지부터 확인해야 하오."

연후는 악소에게 곧장 지시를 내렸다.

"경공이 빠른 친구들을 추려서 서쪽으로 보내 적의 동선을 파악하도록 해."

"알겠습니다."

악소가 나가자 연후는 의자에 깊숙이 몸을 묻으며 두 손을 맞잡고 눈빛을 가라앉혔다.

신휘가 현진에게 물었다.

"동영이 곧장 서쪽을 치고 들어온다면 방어 병력을 어느 정도나 배치할 생각인가?"

"그럴 경우 투입 가능한 병력은 삼만입니다."

"최대치로 뽑아서 그런 건가?"

"예."

신휘가 미간을 좁히며 중얼거렸다.

"거의 절반이 빠져나가는 셈이군."

"그렇습니다."

신휘는 연후를 돌아봤다.

"차라리 북해빙궁이 공격을 해 오지 못하게끔 기습에 나서는 것은 어떨까?"

그 말에 연후는 담담히 대답했다.

"모든 작전은 동영의 동선을 확인한 후에 결정한다. 그 이전에 미리 움직이는 것은 너무 위험해."

그때였다. 악소가 다시 들어섰다.

"주군, 손님이 찾아왔습니다."

잠시 후 한 청년이 안으로 들어섰다.

마치 한 마리 늑대를 연상시키는 청년이 연후를 향해 머리를 숙였다.

"대지존을 뵙습니다."

모두는 의아한 표정으로 청년을 응시했다.

청년이 말을 이었다.

"무벌의 벌주, 신의겸의 아들 신무광이라고 합니다. 아버님께서 벌의 정예를 이끌고 북천을 돕기 위해 내려오는 중이라는 소식을 전달드리기 위해 찾아왔습니다."

그 말에 연후는 압록 이북 무벌의 수장 신의겸을 떠올

렸다. 그러고 보니 그와 신무광이 빼다 박은 듯 닮아 있었다.

"벌주께서 이곳을 향해 오고 있단 말인가?"

"예. 늦어도 하루 후면 도착이 가능할 것입니다."

연후로서는 천군만마를 얻은 기분이었다.

병력의 수를 떠나 전혀 생각지도 않았던 우군이 생겼다. 어찌 좋지 않을 수 있으랴.

신휘가 물었다.

"혹시 압록 이북의 그 무벌을 말함인가?"

연후는 묵묵히 고개를 끄덕이고는 자리에서 일어나 신무광을 향해 다가갔다.

"고맙소."

"어인 말씀을요. 오히려 아버님께서는 뒤늦게 소식을 접하는 바람에 더 빨리 오지 못한 점을 송구하다 전하라 하셨습니다."

"충분히 제때 와 주었소. 마땅히 직접 마중을 나가야 하나 상황이 여의치 못해 그러지 못함을 이해해 주시오."

연후는 악소를 돌아보며 말했다.

"귀빈각으로 모셔라."

"예."

신무광이 악소와 함께 대전각을 나갔다.

연후는 제자리로 돌아와 식은 차를 마저 비웠다.

딸그락!

신휘가 웃었다.

"생각지도 못한 우군이 생겼군. 꽤 큰 힘이 되겠어. 후후후."

현진이 물었다.

"그들의 전력은 어느 정도입니까?"

"나도 자세히는 모른다. 다만 전투 민족이라 불리는 자들이니 큰 도움이 되어 줄 것이다."

"정말 다행입니다."

"그래. 다행이지."

연후는 신의겸을 떠올렸다.

'역시 믿을 만한 사람이었군.'

탁!

"다시 작전을 짜 볼까?"

"바꾸겠다는 말인가?"

"변수가 생겼으니까."

"그 정도로 믿을 만한 곳인가?"

"충분히. 만족할 만큼."

* * *

악소는 신무광을 귀빈각으로 안내했다.

신무광은 악소와 나란히 걸으며 악소에게서 전해지는 강대한 기도에 내심 놀랐다.

'이 사람이 그 유명한 대지존의 호위인가?'

그는 악소를 철우라 생각했다.

그때 악소가 물었다.

"병력은 얼마나 되시오?"

"비록 머릿수는 이만에 불과하지만 하나같이 전투에 이골이 난 친구들이 대부분이니 밥값은 충분히 할 겁니다."

악소는 마치 초원의 늑대 같은 분위기를 풍기는 신무광이 마음에 들었다. 가감이 없는 거침없는 어조도 마찬가지였다.

악소가 걸음을 멈췄다.

"정식으로 인사를 나눴으면 하오. 주군을 모시고 있는 악소라고 하오."

"신무광입니다."

담담히 자신을 소개했지만 신무광은 악소의 정체를 알고 내심 크게 놀랐다.

'야차왕이었다니…….'

그때였다. 전방에서 철우가 모습을 드러냈다. 아직 완전치 않은 몸이었던 까닭에 의당에서 치료를 받고 돌아오는 중이었다.

신무광은 마치 비수가 동공을 파고드는 것 같은 기분에

휩싸였다.

"인사 나누시오. 대지존의 호위장이오."

'저 사람이 호위장이었구나.'

신무광은 내색하지 않고 특유의 굳센 태도로 포권을 취했다.

"신무광입니다."

"철우요."

철우가 악소를 응시했다. 누구냐고 묻는 눈빛이었다.

"우리를 돕기 위해 먼 길을 와 주신 분이야. 자세한 건 곧 알게 될 테니 나중에 보자고."

철우는 악소와 함께 귀빈각을 향하는 신무광의 뒷모습을 응시하며 슬며시 미간을 좁혔다.

'낯이 익은데……'

* * *

우르릉!

천둥이 치더니 빗줄기가 떨어지기 시작했다.

양측은 이 비가 과연 누구에게 유리할지를 두고 계산에 들어갔다.

나백은 악재로 여겼다.

'하필이면 비가……'

사실 나백은 화공을 염두에 두고 있었다. 도저히 돌파가 안 된다면 철혈가 주변을 둘러싸고 있는 산에 불을 질러서라도 끝장을 볼 심산이었다.

 슬며시 일그러졌던 얼굴이 다시 펴졌다.

 '놈도 화공을 들고 나오지는 못할 테니 딱히 나쁠 것도 없겠군.'

 "대궁주."

 측근이 막사로 들어섰다.

 나백이 돌아보니 인자 한 명이 뒤를 따라 들어서고 있었다.

 꿈틀.

 "전령인가?"

 "태합께서 공격 시점을 정하자고 하셨습니다."

 "닥치고 그냥 오면 될 일을 또 무슨 공격 시점을 정하자는 말이냐!"

 나백이 화를 냈으나, 인자는 침착히 대답했다.

 "태합께서는 귀 궁과 합류하지 않고 곧장 서쪽을 칠 계획이라고 하셨습니다."

 "뭐라?"

 누구라도 예상할 수 있는 작전이었다. 하지만 나백은 못마땅했다. 풍천이 또 시간을 끌지도 모른다는 우려 때문이었다.

'놈은 공격하는 척하면서 우리가 싸우는 것을 지켜보다가 뒤늦게 나설 수도 있다. 결코 그렇게 놔둘 순 없지.'

나백이 싸늘히 물었다.

"적의 서북쪽에 진이 깔려 있다는 걸 알고 있느냐?"

"진 따위로 본 군을 막을 순 없습니다."

"흥! 우리라고 숫자가 부족해서 정면으로만 공격하는 줄 아느냐? 아군 수천이 숲으로 들어갔다가 몰살을 당했다! 단 한 놈도 살아서 돌아오지 못했단 말이다!"

"……!"

"가서 똑똑히 전하거라. 적과 맞서 보지도 못하고 수천 병력을 잃고 싶지 않거든 잔말 말고 곧장 합류하라고 말이다!"

"알겠습니다."

인자가 물러가자 나백은 짜증이 담긴 손길로 술병을 들어 입으로 가져갔다.

벌컥벌컥!

탁!

"교활한 놈. 이 전쟁만 끝나면 감히 본 좌를 능멸하고 이용한 죄, 피로 갚게 될 것이다."

측근이 조심스럽게 나섰다.

"차라리 동영으로 하여금 서쪽을 치게 하는 것이 이후를 생각해서라도 더 좋지 않겠습니까?"

"멍청한 소리! 당장은 북천을 무너뜨리는 것이 우선이다! 만약 동영이 진 때문에 시간을 지체하면 아군의 피해만 늘어날 터. 그러다가 적의 지원 병력이 도착하면 만사가 수포로 돌아갈 수도 있다는 것을 왜 모르느냐!"

"속하가…… 생각이 짧았습니다."

그때였다. 무사 한 명이 막사 안으로 들어섰다.

"대궁주, 적의 지원 병력이 이틀 거리 안쪽까지 올라왔다고 합니다."

"백야벌 쪽은?"

"역시 이틀 거리 안쪽까지 들어섰다고 합니다."

"한 시진 간격으로 보고하도록."

"존명!"

무사가 물러가자 나백은 다시 술병을 입으로 가져갔다.

'이틀이라…….'

그 안에 끝장을 내야 한다.

만약 그때까지 북천을 무너뜨리지 못한다면 동영과 함께 방어선을 구축하거나 모든 것을 포기하고 북쪽으로 떠날 수밖에 없었다.

하지만 나백은 그럴 상황에 대비하여 대책조차 세워두지 않았다. 동영이 합류하면 하루 안에 끝장을 낼 수 있을 거라 자신하고 있었기 때문이다.

'북천을 무너뜨리고 이연후를 제거한다면 팔대가문의

결속은 모래성처럼 약화될 터. 무조건, 하늘이 두 쪽이 나는 한이 있더라도 그 안에 끝장을 낸다.'

"대궁주!"

또 다른 무사가 들어섰다.

나백의 측근이 싸늘히 물었다.

"무슨 일이냐!"

"방금 보고가 올라왔는데…… 북쪽에서부터 이곳을 향해 내려오는 병력이 있다고 합니다!"

"뭐라? 북쪽에서?"

"예. 대략 이만 정도라고 했습니다."

나백은 측근을 응시했다. 측근이 조심스럽게 입을 열었다.

"해동은 이미 왔으니 모용세가일 가능성이 높습니다."

"묘용세가가 이만이나 되는 병력을 동원할 여력이 된단 말이냐?"

"그게 좀 이상하긴 하지만 북쪽에 모용세가 말고는 북천을 돕기 위해 나설 세력은 없지 않습니까?"

"……."

나백은 눈빛을 가라앉혔다.

하지만 곧 무사에게 명령을 내렸다.

"소수의 병력을 데리고 가서 어디서 오는 어떤 놈들인지 확인토록 하거라!"

"존명!"

꽈르릉!

쩌저적!

뇌전이 나백의 막사를 하얗게 물들였다. 뇌전이 반사된 나백의 얼굴도 하얗게 변했다.

'이만 정도가 늘어나 봤자 대세에 지장은 없다.'

탁!

"공멸 부대는 더 늘렸느냐?"

"예. 삼백 명가량 더 늘려 놓았습니다."

꿈틀!

"왜 그것밖에 늘리지 못했느냐!"

"그게…… 남은 벽력탄이 그것밖에 되지 않습니다."

"하면 도시로 나가서 화약을 구해 오면 될 것 아니냐!"

"안 그래도 병력을 보냈습니다만 화약을 찾지 못했다고 합니다. 전쟁에 대비해 모조리 철혈가로 가져간 것 같습니다."

바르르…….

나백이 다시 술병을 들어 단숨에 비웠다.

탁!

"쓸 만한 놈들도 채웠겠지?"

"예. 삼백 명 모두 각 부대에서 정예라 불리던 놈들로 채웠습니다."

"전투에서 변수가 발생하지 않게끔 철저히 관리해야 한다. 알겠느냐?"

"예, 대궁주!"

측근이 막사를 나가자 나백은 의자에 깊숙이 몸을 묻으며 눈빛을 가라앉혔다.

'모용세가가 아니라면 대체 어떤 놈들이지? 요녕성 이북에 그 정도 병력을 동원할 만한 세력은 없는데…….'

우르릉!

쩌저적!

* * *

구 척 거구에 보기에도 섬뜩한 크기의 언월도, 그리고 숯덩이처럼 검은 눈썹 아래로 자리 잡은 형형한 호목(虎目)까지.

신의겸은 쏟아지는 폭우 너머로 서서히 모습을 드러내기 시작한 철혈가의 권역을 응시하며 나지막이 중얼거렸다.

"부디 늦지 않았기를……."

꽈르릉!

쩌저적!

"모두 무기를 밑으로 내려라!"

처처척!

이만에 달하는 무벌의 병력이 신의겸의 뒤를 따르고 있었다.

걸음마를 시작하면 사람을 죽이는 법부터 배운다는 전귀들, 그들은 쏟아지는 폭우 속에서도 쉼 없이 철혈가를 향해 진군했다.

신의겸의 곁을 따르던 장한이 말했다.

"소주께서 너무 늦으십니다. 아무래도 속하가 가 봐야 할 것 같습니다."

"백만 대군 속에서도 작정하면 빠져나올 수 있는 아이다. 기다려라."

"하지만……."

그때였다. 전방에서 한 기의 인마가 질풍처럼 달려왔다.

신의겸의 두 눈이 고요하게 가라앉았다. 마상의 인물은 아들 신무광과 함께 철혈가에 전령으로 보냈던 무사였다.

두두두!

잠시 후 무사가 신의겸의 앞에서 고삐를 당겼다.

히히힝!

"왜 너 혼자 돌아왔느냐?"

"소주께서는 철혈가에 머물고 계십니다!"

신의겸의 두 눈이 비로소 풀어졌다.

"대지존은 뵈었느냐?"

"속하는 먼발치에서 뵈었는데, 다행히 강건하신 것 같았습니다! 한데 벌주! 정체불명의 병력이 올라오고 있습니다!"

"철혈가에서 마중을 나오는 것인가?"

"복장이 철혈가는 아닌 것 같았습니다!"

"그래?"

"대략 이천쯤 되어 보였는데, 아주 빠른 속도로 올라오고 있어서 곧 맞닥뜨리게 될 것 같습니다!"

"만약 적이라면 대지존께 드릴 선물을 마련할 수 있겠구나."

신의겸이 전마의 옆구리에 걸어 놓은 언월도를 손에 쥐었다.

장한이 나섰다.

"속하에게 맡기시지요."

"아니다. 대지존께 드릴 선물을 마련하는 데 내가 빠질 순 없지."

한없이 무겁고 고요하던 신의겸의 두 눈이 어느새 불꽃을 머금어 가고 있었다.

그때였다. 전방에서 한 무리의 인마들이 서서히 모습을 드러내기 시작했다.

신의겸의 두 눈이 한순간 빛을 번뜩였다.

"역시 북해빙궁 놈들이었군."

치르륵.

언월도가 강기를 머금어 갔다.

4장
최후의 전쟁(6)

최후의 전쟁(6)

"저게 뭐야?"

"사람…… 머리를 달고 오는 것 같은데?"

철혈가의 무사들이 한 곳을 응시하며 술렁거렸다.

신의겸이 이끄는 무벌이 빗속을 헤치며 다가오고 있었는데, 저마다 피가 뚝뚝 떨어지는 수급 하나를 들고 있었다.

"우리를 도우러 왔다는 북부의 무벌이라고 하던데…… 살벌하네."

"한데 저 머리는 대체 뭐냐?"

"글쎄다."

모두가 술렁거릴 때, 연후는 대전각을 나와 북문으로 향했다. 신휘와 이정무가 함께 했고 신무광이 뒤를 따랐다.

연후는 북문을 열고 밖으로 나섰다.

철그럭! 철그럭!

전마가 한 걸음 디딜 때마다 울리는 쇳소리가 이렇게 위압적일 수가 없었다.

연후는 신의겸을 응시했다.

신의겸이 전마에서 내려 연후를 향해 포권을 취했다.

"늦지 않아 참으로 다행이오."

"어서 오시오, 벌주."

"오다가 빙궁 놈들을 만났소. 이건 우리 무벌이 대지존께 드리는 선물이외다."

신의겸이 손에 들고 있던 수급을 높이 치켜들자 무벌의 무사 모두가 똑같이 수급을 치켜들었다.

처처처척!

[살벌한 자들이군. 아주 마음에 들어. 후후후.]

신휘의 전음성에 흡족함이 묻어났다.

이정무도 흐릿하게 웃고 있었다.

연후도 웃었다.

"감사히 잘 받겠소."

* * *

철혈가 서쪽 산악 지대.

협곡을 빠져나온 풍천은 잠시 진격을 멈추고 전령이 돌아오기를 기다렸다.

"뒤쪽 상황은 어떻게 되어가고 있느냐?"

"이만 정도가 발이 묶였습니다만 곧 협곡을 빠져나올 것입니다."

"가서 전해. 적을 모조리 물리치기 전에는 결코 합류할 생각은 말라고."

"……예?"

"어차피 그놈들도 죽여 없애야 할 적이다. 여기서 죽이나 거기서 죽이나 다를 게 없으니 시키는 대로 하거라."

"알겠습니다."

풍패가 인자 몇 명에게 풍천의 뜻을 전했다.

명령을 받은 인자들이 왔던 길을 되돌아 달렸다.

쏴아아!

빗줄기가 들이쳐 풍천의 장포를 적셨다.

풍천은 이 폭우가 아주 마음에 들었다.

'이런 날씨에 독은 현저히 위력이 떨어지는 법. 하늘은 나 풍천의 편이다. 후후후.'

서문회가 다가왔다.

"왜 진격을 멈췄소?"

"먼저 나백의 뜻을 들어 보고 결정할 생각이오. 곧 전령이 올 것이니 그때까지 술이라도 한잔하시구려."

"그냥 우리는 우리대로 서쪽을 치면 될 일인데 나백의 뜻이 뭐가 중요하단 말이오?"

"명색이 동맹군인데 사전에 서로의 뜻 정도는 확인을 해야지 않겠소? 그것에는 공격 시점도 포함이 되어 있으니 기다리시오. 아! 그리고 그 우리라는 말…… 듣기가 아주 좋소이다그려. 후후후."

서문회는 내심 울화가 치밀었다.

'이놈…… 이 상황에서조차 철저히 실리를 따지려 하고 있다. 자신감인가? 아니면 대세를 제대로 읽지 못하는 것인가?'

만약 자신이 풍천이라면?

나백에게 공격 시점을 알리는 전령을 보낸 뒤, 지체 없이 철혈가의 서쪽을 치고 들어갔을 터였다.

그때였다.

"전하!"

전령이 돌아왔다.

풍천이 물었다.

"뭐라고 하더냐?"

"빙궁의 대궁주는 본 군이 속히 합류하기를 원하고 있었습니다."

"그래?"

"철혈가의 서북쪽에 진이 깔려 있는데, 빙궁의 수천 병력이 그곳을 통해 공격에 나섰다가 몰살을 당했다고 합니다. 하여 본 군의 피해가 우려되니 속히 합류해 달라 했습니다."

꿈틀.

풍천의 눈썹이 슬며시 휘어졌다. 그러고는 서문회를 돌아보며 물었다.

"혹시 철혈가의 진에 대해 알고 있었소?"

"금시초문이오."

서문회는 거짓말로 대답하고는 풍천의 표정을 살폈다.

'설마 그깟 진 때문에 공격을 주저하지는 않겠지.'

그런데 풍천의 주저하는 태도를 보니 그의 생각과는 반대로 이어질 것 같았다.

"싸워 보지도 못하고 병력을 잃을 순 없지. 하면 북해빙궁의 군영으로 간다!"

"예!"

"태합! 어찌 진 따위를 두려워하시오!"

"수천이 수만이 될 수도 있지 않겠소? 한시라도 복수를 하고 싶은 공의 마음은 이해하나, 무사들을 지켜야 하는 본 좌는 가장 안전한 길을 선택해야 할 의무가 있소. 하니 더는 토를 달지 마시오."

"……!"

"진격을 재개하라!"

"진격을 재개하라!"

동영의 본대가 다시 움직이기 시작했다. 그 방향은 북해빙궁의 군영이 있는 남쪽이었다.

서문회는 하늘을 우러르며 통탄했다.

'내 어찌 이런 놈과 손을 잡았단 말인가. 하아……'

그때였다.

"서문 공."

"왜 그러시오?"

"공께서 직접 철혈가의 진을 확인해 보는 건 어떻겠소? 만사에 능통한 공이니 파훼법을 찾을 수도 있을 것 같은데……."

서문회가 뭐라 답을 하려고 할 때, 풍천이 웃으며 말을 이었다.

"농담이오. 감히 어찌 공에게 그런 사소한 일을 맡길 수 있겠소. 하하하!"

서문회의 얼굴이 슬쩍 붉어졌다. 마치 농락을 당하는 기분이 든 것이다.

"내게 병력 일만만 내주시오. 하면 서쪽을 치겠소."

풍천의 표정이 묘하게 변했다.

"진심이오?"

"진심이오."

"좋소! 일전에 약속한 것도 있고 하니 요청을 받아들이겠소. 단, 일만은 너무 과하니 오천만 데리고 가시오."

'교활한 놈······.'

"하면 서문 공의 능력을 믿어 보겠소."

      * * *

"주군!"

악소가 연후를 찾았다.

"동영의 본대가 북해빙궁의 군영 쪽으로 방향을 틀었다고 합니다. 다만 수천 정도의 병력은 그대로 서쪽 산악지대를 타고 올라오는 중인 것 같습니다."

"교전이…… 그쳤나?"

"협곡 쪽에서 여전히 전투가 벌어지고 있다는데, 자세한 상황은 아직 확인된 바가 없습니다."

연후는 눈빛을 가라앉혔다.

"본대를 놓쳤다면 작전을 중단하고 돌아와야 했다. 그럼에도 계속 전투를 이어 가고 있다면……."

"……적에게 퇴로를 차단당한 것 같습니다."

좌중의 분위기가 무겁게 가라앉았다.

신휘가 말했다.

"아닐 수도 있으니 일단 기다려 보는 게 좋지 않을까?"

연후는 묵묵히 고개를 끄덕였다.

야월과 우문적을 믿었다. 또한 두 가문의 능력을 믿었다. 거기에 독인이 된 육손까지 있지 않은가.

연후는 신휘를 돌아봤다.

"서쪽은 다시 혈왕군이 맡아 줘야겠어."

"그러지."

"병력이 수천에 불과하다면 직접 부딪치는 것보다는 북쪽으로 올라가게 만드는 게 좋겠지."

"북쪽 전체가 하나의 진과 같으니 그게 좋겠군. 그럼 먼저 나가 보겠네."

신휘가 먼저 자리를 떴다.

연후는 현진을 돌아보며 말을 이었다.

"우리도 슬슬 준비하자고."

"예, 주군."

신의겸이 물었다.

"우리는 뭘 하면 되겠소?"

"같이 나갑시다."

* * *

연후는 신의겸과 함께 망루에 올랐다.

신의겸은 전흔(戰痕)이 적나라하게 드러나 있는 정문 앞쪽을 응시하며 눈빛을 가라앉혔다.

"꽤 치열했나 보오."

"견딜 만한 수준이었소."

연후의 담담한 대답에 신의겸은 흐릿하게 웃었다.

'변함없군. 처음 봤을 땐 다소 허세가 섞였을 거라 봤는데…….'

중원의 대지존이라면 이러한 담담함은 당연한 것일 수도 있었다.

하지만 그게 말처럼 쉬운 것은 아니었다. 하물며 지원이 요원한 상태에서 이십만이 넘는 적이 코앞에 진을 치고 있지 않은가.

연후는 손을 들어 좌우 숲을 가리켰다.

"적은 지금껏 좌우측 숲을 이용하지 못했소. 한 번 진에 크게 당한 바가 있어서 진을 두려워했을 것이오."

"저곳에 매복을 하고 있다가 기습을 하면 되겠소?"

"꽤 위험한 임무가 될 것이오."

씨익.

"상관없소."

신의겸이 흐릿하게 웃어 보이고는 연후를 직시하며 말을 이었다.

"약속은 지킬 거라 믿겠소."

"우리를 도우러 오지 않았더라도 약속은 반드시 지켰을 것이오."

"그럼 먼저 내려가겠소."

신의겸이 돌아섰다.

"별주."

"더 할 말이라도 있소?"

연후는 신의겸을 직시했다. 신의겸도 시선을 피하지 않았다.

"고맙소."

피식.

"그 말은 이 전쟁을 이긴 다음에 듣도록 하겠소. 그럼."

신의겸이 망루를 내려갔다.

연후는 잠시 신의겸의 뒷모습을 지켜보다가 시선을 남쪽으로 돌렸다.

쏴아아!

'모두는 이틀만 버티면 된다 하지만…… 이틀 안에 이 전쟁의 향방을 우리 쪽으로 가져온다.'

* * *

"크아악!"

"끄악!"

독연이 쓸고 간 곳에서 적은 어김없이 피를 토하며 꼬꾸라졌다.

"빌어먹을! 폭우도 소용없잖아!"
"쏴라! 마구 퍼부어라!"
"폭우 때문에 신무기를 사용할 수가 없습니다!"
"……!"

풍패는 대신하여 병력을 이끌고 있던 중년인의 얼굴이 무참히 일그러졌다.

그랬다.

폭우가 쏟아지고 얼마 지나지 않아 신무기는 무용지물이 되어 버렸다. 그에 반해 육손의 독은 여전히 맹위를 떨치고 있었다.

거센 폭우도 그의 독을 막지 못했다.

한편 야월과 우문적은 적이 신무기를 사용하지 못한다는 것을 이용해 방어적인 입장에서 공격적으로 태세를 전환했다.

이제는 그야말로 월가와 인자들의 대결이었다.

황하수련은 상대적으로 숲이 덜 우거진 곳에서 적들을 공격했다. 우문적이 선두에서 맹위를 떨쳤고, 황태가 그림자처럼 그의 곁을 지켰다.

"개새끼들이 감히!"

콰콰콱!

"크아악!"

"끄악!"

숲이 없는 곳에서도 인자는 강했다. 하지만 우문적과 황태는 그들이 감히 감당할 수 없는 존재였다.

두 사람의 압도적인 무력 덕분에 황하수련은 서서히 적들을 능선 아래로 밀어내기 시작했다.

황태가 적을 향해 달려가려던 우문적의 팔을 잡았다.

척!

"형님! 여기서 언제까지 싸우고 있을 수만은 없소! 서둘러 철혈가로 돌아가야 하오!"

"알았다! 놈들을 능선 아래까지 완전히 밀어내고 철혈가로 돌아간다!"

* * *

퍽!

"컥!"

야월의 검이 인자의 목을 쳐 냈다.

서로 숲의 지배자라 자처해 온 양측의 싸움은 혈전이었다.

하지만 전세는 수적인 열세에도 불구하고 서서히 월가 쪽으로 기울어지고 있었다. 동영으로서는 폭우 때문에 신무기를 사용하지 못한다는 점이 치명적이었다.

"밀어붙여라!"

까가강!
"크아악!"
"으악!"
"능선 아래로 물러나라!"
"자리를 지켜라!"

적이 급격하게 흔들리기 시작했다. 엇갈린 명령 때문에 물러나는 자들과 자리를 지키려는 자들 간에 충돌이 빚어졌다.

야월이 그 한가운데로 뛰어들었다.

번쩍!

콰지직!

"크아악!"

"끄악!"

팔대가문의 수장들 중에서 무력에 관해서는 드러난 것이 거의 없는 야월은 상상을 불허하는 파괴력을 뽐냈다.

속도와 은밀함으로 대변되는 살수의 무학과는 궤를 달리하는 그의 무공은 인자들에게 저승사자의 손길이나 다름없었다.

그때였다.

펑!

하늘에 폭죽 한 발이 터졌다.

우문적이 쏘아 올린 신호탄이었다.

"멈춰라!"

신호탄을 본 야월이 추격을 중단시켰다.

측근이 다가왔다.

"몰아치면 모조리 섬멸할 수 있습니다, 가주!"

"이곳보다는 철혈가로 돌아가는 것이 급선무다. 모두 불러들여라! 어서!"

"예!"

야월은 크게 숨을 들이켜며 검을 거두었다.

'지금쯤 공격이 시작되었을 텐데…….'

* * *

나백과 풍천이 마주 앉았다.

밖은 여전히 폭우가 쏟아지고 있었지만 둘이 마주 앉은 막사는 냉기가 감돌았다.

풍천을 바라보는 나백의 눈빛이 차갑다 못해 한기마저 흘렀다.

"실망이오, 태합. 귀측이 하루만 빨리 왔더라도 이 전쟁을 충분히 끝낼 수 있었을 것이오."

"이 많은 병력으로 지원조차 변변찮은 철혈가를 무너뜨리지 못하다니…… 오히려 본인이 실망했소이다, 대궁주."

꿈틀.

"뭐요?"

"아, 아! 지나간 일은 잊어버립시다. 이제 와서 따져 봤자 무슨 의미가 있겠소."

풍천이 차를 한 모금 마시고는 말을 이었다.

"대궁주의 계획부터 들어봅시다. 한번 전투를 치러 봤으니 대충 답은 나왔을 것 같소만?"

풍천을 노려보듯 하던 나백이 밖을 향해 소리쳤다.

"여봐라! 지도를 가져오너라!"

"예!"

무사 한 명이 지도를 갖고 들어와 탁자 위에 펼쳤다.

나백은 지휘봉으로 지도 곳곳을 가리키며 자신의 계획을 설명하기 시작했다.

풍천은 팔짱을 한 채로 나백의 말에 귀를 기울였다.

그렇게 두 세력의 수장이 회합을 이어 가는 사이, 서문회는 철혈가의 서쪽을 타고 빠르게 이동하고 있었다.

꽈르릉!

쩌저적!

천둥벼락은 여전히 기승을 부렸다.

하지만 서문회는 결코 속도를 늦추지 않았다.

'부디 제대로 된 작전으로 움직여 줘야 할 텐데…….'

서문회는 나백과 풍천의 능력에 의구심을 갖고 있었다.

그리고 그 의구심은 시간이 지날수록 더 커져만 갔다.

특히 풍천에 대한 신뢰와 믿음은 거의 바닥이나 마찬가지였다.

'호랑이는 토끼를 사냥할 때조차 최선을 다하는 법이거늘, 늑대와 불과한 놈이 호랑이 시늉을 하다니…….'

전쟁 이후를 생각하는 풍천의 태도. 서문회에게는 그것이 가장 큰 불만이자 아쉬움이었다.

만약 하루만 더 빨리 북해빙궁과 합류를 했거나 철혈가의 서쪽을 공격했더라면 이 전쟁을 끝낼 수 있었을 거라 여겼다.

'놈의 늑장이 변수가 되지 말아야 할 텐데…….'

한편 서문회의 뒤를 따르는 동영의 오천 병력은 분위기가 좋지 못했다.

빙궁의 수천 병력이 진에 걸려 몰살을 당했다고 합니다.

모두는 빙궁을 다녀온 전령이 한 말을 똑똑히 기억하고 있었다.

"빌어먹을! 왜 우리가 저자의 명령을 들어야 한단 말이냐? 태합 전하께서 우리를 이렇게 박대할 줄은 몰랐다."

"그러게 말이다. 게다가 빙궁의 수천 병력이 몰살을 당한 곳으로 가야 한다니…… 퉤! 씨팔!"

곳곳에서 불만이 터져 나왔다.
 각 부대의 수장들도 굳이 불만을 터트리는 무사들을 말리지 않았다. 누구보다 그들이 더 불만이 컸던 까닭이다.
 한 천인장이 동료에게 물었다.
 "철혈가의 진에 대해 들은 거 있나?"
 "전혀."
 "도대체 얼마나 강력한 진인데 수천 명이 몰살을 당하지? 빌어먹을, 이러다 우리도 그 꼴이 나는 건 아닌지 모르겠다."
 "후…… 그러게 말이다."
 다른 천인장이 끼어들었다.
 "나는 철혈가의 진도 진이지만, 태합께서 우리를 저자에게 넘겼다는 것이 더 화가 나. 동영에서부터 목숨을 걸고 싸웠던 우린데……."
 "쉿! 애들 듣는다."
 "들을 테면 들으라지."
 그때였다. 한 무사가 나지막이 외쳤다.
 "저희도 같은 생각입니다."
 "저도 그렇습니다."
 평소였다면 대화에 끼어들었다는 것만으로 목이 날아갔을 상황이었다.
 "어이, 너희들. 앞만 보고 이동해라."

"……예."

천인장들은 한참 앞에서 이동하는 서문회의 뒷모습을 노려봤다.

"진을 파훼할 능력이 있을까?"

"설마 우리더러 무작정 뛰어들라는 건 아니겠지?"

누구에게나 목숨은 소중한 법. 전장에서 호랑이라 불리던 동영의 천인장들도 예외는 아니었다.

그때였다.

"크악!"

"으악!"

갑자기 뒤쪽에서 비명이 터졌다.

모두가 황급히 고개를 돌릴 때, 곳곳에서 외침이 울렸다.

"독이다!"

"독인이 쫓아왔다!"

"뭣이!"

"크아악!"

한 천인장이 서문회를 향해 외쳤다.

"뒤쪽에 독인이 나타났습니다!"

그의 말이 채 끝나기도 전에 서문회가 날 듯이 달려왔다. 그리고는 모두의 머리를 넘어 뒤쪽으로 섬전처럼 날아갔다.

"내가 해결할 테니 진격 속도를 늦추지 마라!"

* * *

녹연이 휩싸인 육손. 그의 두 손이 허공을 휘저을 때마다 독연이 일어나 적들을 덮쳤다.

독연은 폭우마저 뚫어 냈다.

자연의 법칙마저 깨트리는 육손의 독공에 적이 할 수 있는 것은 아무것도 없었다. 그저 독연을 피해 사방으로 흩어지는 것이 그들이 할 수 있는 최선이었다.

그중 몇 명이 육손이 있는 곳으로 뛰어들었다가 괴인에 의해 사지가 찢어지는 참혹한 죽음을 맞았다.

퍼퍽!

"끄아악!"

"크악!"

"다 죽일까?"

"내 곁에 있어."

"알았어."

육손은 전방을 바라봤다.

적들의 머리 위쪽에서 서문회가 달려오는 것이 보였다.

"저 새끼 내가 죽일까?"

"무리할 거 없어. 따라와."

"도망가?"

"도망이 아니야."

휘리릭!

육손은 숲 깊숙한 곳으로 몸을 날렸다. 괴인이 뒤를 쫓아 몸을 날렸고, 잠시 후에 서문회가 둘이 있던 곳에 떨어져 내렸다.

파르르……

서문회의 두 눈이 가늘게 흔들렸다.

그 짧은 시간에 죽어 쓰러진 병력이 이백은 더 되는 것 같았다.

서문회는 공력을 끌어올려 기감을 극대화시킨 다음 주변을 살폈다. 하지만 어디에서도 기척은 감지되지 않았다.

그런 서문회를 응시하며 육손은 눈빛을 가라앉혔다.

'기대해. 아무것도 못하게 해 줄 테니까.'

꽈르릉!

쩌저적!

쾅!

뇌전 한 줄기가 멀지 않은 곳에 떨어져 불꽃이 일었다. 나무 한 그루가 부러져 넘어지면서 육손과 괴인을 덮쳤다.

쿵!

서문회가 그쪽을 돌아봤다.

육손은 괴인의 입을 손으로 틀어막으며 조용히 하라는

눈짓을 보냈다.

잠시 후 서문회가 돌아갔다. 그런데 이전처럼 선두가 아니라 후미에서 이동했다.

육손은 그 모습을 보며 차갑게 웃었다.

'그럼 또 따라오게 해 줄게.'

육손은 숲을 타고 앞쪽으로 이동했다.

혹시 몰라 제법 떨어진 곳을 타고 이동했기 때문에 시간은 제법 걸렸지만, 늦지 않은 시간에 적의 선두를 따라잡을 수 있었다.

꽈르릉!

천둥이 칠 때를 이용해 육손은 최대한 가까운 곳까지 접근하여 독공을 펼쳤다.

소리 없이 날아간 독연이 선두의 적들을 덮쳤다.

"엇!"

"도, 독연이다! 피해라!"

반응은 역시 빠르게 나왔다.

"끄아악!"

"크아악!"

독연을 뒤집어쓴 적들이 피를 토하며 꼬꾸라지기 시작했다. 그중에는 천인장도 한 명 있었다.

"호흡을 멈춰라!"

"우측이다! 공격하라!"

쐐애액!

수백 개의 암기가 육손이 있는 곳을 향해 날아들었다.

하지만 암기 따위로 어찌할 수 있는 육손이 아니었다. 호신강기에 막힌 암기가 불꽃과 함께 사방으로 튕겨 날아갔다.

괴인은 호신강기도 필요 없었다.

따다다당!

손짓 몇 번에 암기가 튕겨 날아갔고, 손짓을 피해 육신을 덮친 암기들도 쇳소리를 내며 사방으로 튀었다.

"가만있으면 당할 수밖에 없다! 모두 달려들어라!"

"쳐라!"

수십 명의 인자가 숲으로 뛰어들었다.

후미와는 확연히 다른 반응이었다. 하지만 그건 스스로 죽음의 늪으로 뛰어드는 것이나 다름없었다.

육손의 두 손에서 녹연이 일었다.

환술이 더해진 독공이었다. 동시에 괴인이 앞으로 달려 나가며 인자들을 덮쳤다.

"죽어."

퍽!

"컥!"

한 손으로 인자의 머리를 날려 버린 괴인이 다른 손으로 목을 움켜쥐고는 그대로 무를 뽑듯이 뽑아 버렸다.

으드득!

"끄아악!"

"죽엇!"

콰광!

다른 인자의 검이 괴인의 허리를 베고 지나갔다. 하지만 장포만 갈라지고 오히려 두 동강이 난 것은 인자의 검이었다.

퍽!

괴인의 손이 인자의 몸을 뚫었다.

촤아악!

내장과 피가 쏟아지며 수증기가 피어오르는 참혹한 광경에 다른 인자들이 뒷걸음질을 치며 물러섰다.

하지만 그들을 기다리고 있는 것은 육손의 독연이었다.

"크악!"

"컥!"

"빌어먹을! 물러서라!"

"피해라!"

결국 인자들은 황급히 달아났고, 돌아오는 그들을 본 적들이 사방으로 흩어지기 시작했다.

육손은 뒤를 돌아봤다.

역시 서문회가 달려오고 있었다.

"저놈 또 온다."

"따라와."

"또 도망가?"

"도망가는 거 아니야."

* * *

나백과 회합을 끝내고 막사로 돌아온 풍천의 표정이 그다지 밝지 못했다.

'망할 비 때문에 신무기를 쓸 수가 없으니…….'

절대적인 전력이라 할 수 있는 신무기를 사용할 수 없다는 것은 그에게 치명적인 타격이었다.

그렇다고 비가 그칠 때까지 기다릴 수만도 없는 노릇이었다. 더는 공격을 미뤄서 될 일이 아닌 탓에 이미 공격 시점까지 정했다.

풍천으로서는 그 전까지 비가 그치길 바라는 수밖에 없었다.

그렇게 풍천이 고심에 잠겨 있던 그때, 풍패가 풍천의 막사 안으로 들어섰다. 한 무사가 음식이 담긴 쟁반을 들고 그의 뒤를 따라 들어왔다.

"술을 데워 왔습니다. 드시지요."

"한 잔 따르거라."

"예."

쪼르륵.

"공격 시점은 정하셨습니까?"

"내일 새벽으로 정했으니 각 부대의 장들에게 미리 전해 두도록 해라."

"알겠습니다. 한데 그때까지 비가 그치지 않으면 신무기는……."

"신무기를 사용하지 못하더라도 충분히 철혈가를 무너뜨릴 수 있다. 내가 걱정하는 것은 우리의 약점이 드러났다는 것이다."

"말씀처럼 신무기가 없어도 우리는 강하지 않습니까? 하니 너무 걱정하지 마십시오."

"더 강하면 좋은 법이니까."

"……."

풍천은 술을 한 잔 더 비우고는 말린 고기를 한 점 씹으며 다른 말을 꺼냈다.

"전투가 시작되면 네가 선봉을 맡아 줘야겠다."

"제가…… 말입니까?"

"그 표정은 뭐지?"

"아, 아닙니다. 단지 속하는 피해가 큰 선봉은 빙궁 쪽에서 맡는 것이 좋지 않을까 하는 마음에서……."

"늦게 도착을 했으니 우리가 그 정도는 해 줘야지 않겠느냐."

풍패의 눈빛이 어둡다.

이곳으로 올 때는 선봉대를 이끄는 것을 절호의 기회라 여겼던 그였다.

하지만 지금은 예기가 완전히 달랐다. 철혈가 전체를 상대로 선봉에 나선다는 것은 죽을 확률이 살아남을 확률보다 더 높음을 의미하는 것이었다.

'빌어먹을……'

"그만 나가 보거라."

"……예."

밖으로 나선 풍패는 곧장 자신의 막사로 향했다. 그러다가 걸음을 멈춘 것은 전방에서 걸어오는 빙궁의 무사들을 보았을 때였다.

"잠시 뭣 좀 물어봐도 되겠느냐?"

빙궁의 무사들이 걸음을 멈추고는 풍패를 응시했다. 그중 한 거한이 인상을 그리며 말했다.

"뭔데?"

꿈틀.

풍패의 눈썹이 휘어졌다.

하지만 꾹 눌러 참고는 물었다.

"혹시 직접 전투에 참여했었나?"

"물론이지. 한데 그건 왜 묻지?"

"내가 다음 전투에서 선봉을 맡았다. 해서 물어볼 것이 있으니 거처로 가지. 술은 넉넉히 대접하마."

"술?"

거한이 동료들을 쳐다봤다.

한 동료가 히죽 웃으며 말했다.

"아군인데 도와 드려야지."

"그래야겠지?"

거한이 풍패를 돌아보며 씩 웃었다.

"갑시다."

술이 말투와 표정까지 바꿔 놓는 순간이었다.

* * *

쏴아아!

휘이잉!

비바람이 점점 더 사나워졌다.

이대로면 멀지 않은 곳에 있는 강이 범람을 할 수도 있는 수준이었다.

'차라리 더 쏟아져라.'

가장 강력한 무기 중 하나라 할 수 있는 독의 위력이 현저하게 떨어진다는 불리함에도 불구하고 연후는 폭우가 더 이어지기를 바랐다.

이런 폭우라면 적의 신무기도 무용지물이 될 테니까.

동방리가 들어섰다.

연후는 창밖에 던져 놓았던 시선을 거두어 그녀를 응시했다. 그녀의 두 손에 김이 모락모락 올라오는 요리를 담은 쟁반이 들려 있었다.

탁!

"식사하세요."

연후는 생각이 없었지만 탁자로 걸어가 앉았다. 동방리가 맞은편에 앉아 삶은 고기를 먹기 좋은 크기로 뜯었다.

연후는 술잔에 술부터 채웠다.

쪼르륵.

"같이 듭시다."

"예."

어느 정도 식사를 했을 때, 동방리가 조심스럽게 말을 꺼냈다.

"적이 오늘도 공격을 해 오지 않는 것을 보면 전력을 집중해서 내일 하루에 끝장을 볼 심산인가 봐요. 두 세력이 하나로 합쳐졌으니까요."

"아마 그럴 거요."

"비가 그치면 안 될 텐데……."

동방리의 얼굴에 수심이 가득했다.

연후는 그런 동방리를 위로했다.

"너무 걱정하지 마시오. 무벌까지 합세했으니 두 세력

이 한꺼번에 몰려온다 해도 충분히 막아 낼 수 있소."

"저도 저희의 승리를 의심하지는 않아요. 다만 얼마나 많은 사람이 희생될까를 생각하면……. 제가 괜한 말을 했네요. 죄송해요."

동방리가 애써 표정을 고치며 빈 술잔에 술을 채웠다. 그때 밖에서 철우의 목소리가 흘러들었다.

"주군, 접니다."

"들어와."

철우가 문을 열고 들어섰다.

"서쪽으로 곧장 올라오는 적의 병력이 대략 오천 정도인데, 서문회가 그들을 이끌고 있다 합니다."

연후는 젓가락을 내려놓고 철우를 직시했다.

"확실히 서문회라는 것을 확인했나?"

"예. 정찰병들이 똑똑히 보았다고 했습니다."

"이번에도 하늘은 우리의 손을 들어 주려나 보군."

"그게 무슨 말씀이세요?"

동방리가 물었다. 연후는 곧장 말을 이었다.

"제아무리 서문회라도 군사의 진을 쉽사리 파훼하진 못할 것이오. 운만 따라 준다면 그자를 진에 가둘 수도 있을 터. 설사 진에 가두지 못한다 하더라도 시간을 벌 수 있을 테니 그 자체로 우리에게는 큰 득이 아니겠소."

"서문회가 전투에 나서지 못하게 될 수도 있겠군요."

"나선다 하더라도 꽤 시간이 흐른 뒤가 될 거요."
연후는 술잔을 비우고 젓가락을 내려놓으며 일어섰다.
"군사에게 가겠다."
"그냥 이리로 부르시지요."
"작전을 짠다고 정신이 없을 텐데 내가 가야지."
연후는 철우와 함께 곧장 현진의 거처로 향했다.
홀로 남은 동방리가 그릇을 치우려 할 때 서령이 들어섰다. 그녀가 손에 든 술병을 흔들며 웃었다.
"우리끼리 한잔하죠?"
동방리는 망설였다. 하지만 이내 고개를 끄덕였다.
"그럴까요?"

* * *

연후와 현진이 마주 앉았다.
현진의 안색은 확실히 초췌했다. 아무리 내가고수라도 정신적은 피로는 어쩔 수가 없는 모양이었다.
연후로부터 서문회가 서쪽으로 올라온다는 것을 들은 현진이 눈빛을 발하며 말했다.
"어쩌면 강력한 적 하나를 묶어 둘 수도 있겠군요."
"그렇게 되면 더할 나위 없이 좋겠지."
딸그락.

연후는 차를 한 모금 마신 뒤에 물었다.

"만약 처음 보는 진에 갇힌다면 파훼하고 빠져나오는 데 어느 정도나 시간이 걸리지?"

"저 말입니까?"

"그래."

현진이 미간을 좁히며 말했다.

"만약 저와 비슷한 수준을 지닌 자가 설치한 진이라면 빨라도 한 시진은 걸릴 겁니다."

한 시진은 짧다면 짧고, 길다면 아주 긴 시간일 수도 있었다.

연후는 흐릿하게 웃었다.

"그럼 됐어."

"예?"

"나는 서문회가 적어도 진법에 있어서만큼은 너와 동급이라고 생각하진 않는다. 그렇다면 당연히 두 시진 정도는 걸린다고 봐야겠지. 운이 따라 준다면 그 이상이 될 수도 있고."

"그렇긴 하지만, 그렇지 못할 수도 있으니 각각의 상황에 맞게 따로 대처를 강구하도록 하겠습니다. 서문회는 일반적인 범주에 두고 평가하면 안 되는 인물이니까요."

"그렇게 해."

듣고 있던 철우가 말하고 나섰다.

"서문회가 도중에 방향을 틀어 버리면 진도 소용없지 않습니까?"

"그렇다면 최악인 거고."

연후는 다시 찻잔을 입으로 가져갔다.

현진이 무거운 표정으로 말했다.

"육손이 독인이 되면서 독수리를 이용할 수 없게 된 것이 큰 손실입니다. 독수리만 있었다면 서문회가 진이 깔려 있는 곳으로 들어섰는지 아닌지를 빨리 포착할 수 있을 텐데⋯⋯."

"하나를 얻으면 하나를 잃는 법. 괘의치 말고 지금껏 해 오던 대로 하도록 해."

"예, 주군."

"뭐라도 좀 먹어 가면서 하고."

"잘 챙겨 먹고 있습니다."

연후는 현진의 어깨를 다독거려 주고는 거처를 나섰다.

철우가 곁을 따르며 물었다.

"내일 새벽쯤에 총공격이 시작될 것 같은데, 그냥 기다리실 겁니까?"

"기습이라도 하자는 말이냐?"

"뭐라도 해야지 않겠습니까."

연후는 고개를 저었다.

"폭우 때문에 할 수 있는 건 거의 없다. 화시도 독도 폭우 때문에 무용지물이 되어 버렸으니 오히려 지금은 완벽한 방어를 구축하고 체력을 아껴 두는 것이 좋아."

"……."

"철우."

"예, 주군."

"전쟁이 시작되면 네가 있어야 할 곳은 내 곁이 아니라 다른 곳임을 잊지 말도록 해."

"……."

"왜 대답이 없지?"

"알겠습니다."

연후는 철우에게 따로 정해 준 임무가 있었다. 그러나 철우는 당연히 연후의 곁을 지키고 싶어 했다.

"시간이 얼마 없으니 한숨 자 두도록 해."

"예."

연후는 철우가 방으로 들어가는 것을 확인한 후에 거처로 들어서려다가 동방리와 서령의 목소리를 듣고는 다른 곳으로 발길을 돌렸다.

그가 향한 곳은 망루였다.

지붕이 있다고 해도 바람이 더해진 탓에 망루 위의 무사들은 흠뻑 젖은 상태로 경계를 서야만 했다.

"충!"

무사들이 연후를 맞았다.

"잠시 내가 있을 테니 내려가서 쉬도록 해."
"아닙니다. 곧 교대조가 올 것입니다!"
"혼자 있고 싶어서 그러니 어서 내려가."
"……알겠습니다! 충!"
무사들이 망루를 내려갔다.

연후는 들이치는 비바람 너머로 짙은 어둠에 잠겨 있는 남쪽을 응시하며 눈빛을 가라앉혔다.

'아주 긴 밤이 되겠군.'

* * *

쏴아아!

폭우를 뚫고 이동하는 서문회와 동영군.

우거진 숲으로 들어가면 조금 낫지 않겠나 싶었지만 나뭇가지에 맺혔던 물이 마치 바가지로 퍼붓는 것처럼 쏟아지며 모두를 괴롭혔다.

그나마 다행인 것은 육손의 공격이 반 시진 전부터 끊겼다는 점이었다.

다시 선두로 나선 서문회는 언제 어디서 나타날지 모를 육손을 경계하며 하늘을 살폈다.

'독수리가 사라졌다. 그것도 어제부터…….'

그랬다. 신경을 거슬렸던 독수리가 어제부터 보이지 않

았다. 서문회는 그것을 아주 좋은 징조라 여겼다.

후두둑!

빗물이 쏟아져 서문회의 전신을 덮쳤다.

서문회는 아랑곳하지 않고 선두에서 숲을 헤치며 철혈가를 향했다.

그때 한 인자의 수장이 다가와 물었다.

"진을 돌파할 생각입니까?"

"진은 쉽사리 돌파할 수 있는 게 아니다."

"하면 왜 이쪽을 진격로로 택한 겁니까? 진이 깔려 있지 않은 곳을 우회해도 되지 않습니까?"

불만이 잔뜩 담긴 목소리에도 서문회는 담담히 대꾸했다.

"내게 생각이 있으니 주변 경계에나 집중하거라."

인자의 수장은 물러서지 않았다.

"싸워 보지도 못하고 죽는 개죽음은 당하고 싶지 않습니다. 그러자고 바다를 건너 여기까지 온 우리가 아니라는 말입니다."

서문회가 걸음을 멈추고 인자를 돌아봤다.

동공 깊숙한 곳에서 은은한 혈광이 한순간 떠올랐다가 사라졌다.

흠칫!

인자의 수장이 한순간 눈빛을 떨었다.

"그럴 일 없을 테니 나를 믿어라."

"……."

"자리로 돌아가."

인자의 수장이 자리로 돌아가자 서문회는 다시 걷기 시작했다.

싸워 보지도 못하고 죽는 개죽음은 당하고 싶지 않습니다. 그러자고 바다를 건너 여기까지 온 우리가 아니라는 말입니다.

'물론 그런 일은 없어야지. 나를 위해서라도 너희는 개처럼 싸우다 죽어야 한다.'

꽈르릉!

쩌저적!

* * *

'서쪽으로 가고 있어.'

육손은 숲 너머에서 서문회를 바라봤다.

잠시 공격을 중단한 것은 공력을 회복하기 위함이었다. 독인이 되면서 이전보다 훨씬 더 심후해졌지만, 그렇다고 써도 써도 고갈되지 않는 것은 아니었다.

더군다나 폭우라는 장애물까지 더해지면서 공력의 소모는 더 커질 수밖에 없었다.

물론 회복되는 속도는 놀라울 정도로 빨랐다.

'서쪽과 북쪽은 군사가 설치한 진이 빈틈없이 깔려 있어. 하면 다른 곳으로 방향을 틀지 못하게 그쪽으로 몰아야 하는데……'

육손은 은밀히 뒤를 쫓으며 방법을 고민했다. 그 와중에 공력은 회복이 되었다.

육손은 철혈가의 서쪽과 북쪽 지형을 머릿속에 떠올린 채 최선의 방법을 찾기 위해 고민했다. 하지만 그 시간은 오래가지 않았다.

'그렇게 하면 되겠네.'

팟!

육손의 두 눈이 빛을 번뜩였다.

괴인이 무슨 말을 하려 했다. 하지만 육손의 손이 더 빨랐다.

[너는 전음을 하지 못하니까 입 다물고 있어. 내가 물으면 고개만 끄덕이고. 알았지?]

끄덕끄덕.

[따라 와.]

육손은 다시 뒤쪽으로 움직였다.

후미를 공격하여 서문회로 하여금 다시 오게 만들어서

동영군의 진격 속도를 늦출 목적이었다.

쏴아아!

폭우는 여전히 거셌다.

저 거센 폭우를 뚫고 독연을 날리려면 두 배의 공력이 필요했다. 공력의 소모가 빠른 것도 다 그러한 이유 때문이었다.

'서문회가 없으면 굳이 독을 사용할 이유는 없어.'

스슥!

육손은 숲을 헤치고 나섰다.

"엇!"

"독인이다!"

지레 겁을 집어먹은 동영군이 황급히 뒤로 물러섰다.

하지만 몇몇은 그대로 육손을 향해 달려들었다.

육손의 두 손이 허공을 휘저었다. 폭우 속에서 일어난 환술이 달려드는 적들을 덮쳤다.

위이잉!

쩌저적!

"크악."

"으악!"

온몸을 비틀며 고통에 몸부림치기 시작하는 적들. 그중 몇 명은 이미 육손의 코앞에 다다라 있었다.

"죽엇!"

검이 육손의 목을 향해 떨어졌다.

육손은 마치 연기처럼 뒤로 물러섰고, 그 자리에 괴인이 나타났다.

"네가 죽어."

깡!

검이 괴인의 팔을 때리고 두 동강이 나며 날아갔다. 거의 동시에 괴인의 손이 가슴을 뚫고 등 뒤까지 튀어나왔다.

퍽!

"켁!"

까강!

또 다른 적들이 괴인의 허리와 다리를 베었다. 하지만 결과는 마찬가지였고, 둘 다 머리가 수박처럼 터지는 참혹한 최후를 맞았다.

뒤를 이어 독연이 적들을 덮쳤다.

"크아아!"

"끄아악!"

죽어 가는 자들 속에서 신무기를 꺼내 드는 자들이 있었다. 하지만 폭우 때문에 심지가 젖어 버리면서 아무것도 할 수가 없었다.

"저놈들을 죽여!"

"알았어."

콰콰콱!

괴인이 신무기를 든 적들을 향해 달려들었다. 독연이 마치 살아 있는 생명체처럼 괴인과 함께 움직였다. 그다음은 볼 것도 없었다.

"크악!"

"으악!"

육손은 전방을 응시했다.

그런데 서문회가 보이지 않았다.

'피해는 무시하고 그냥 가겠다는 거야? 흥! 누구 마음대로.'

육손은 괴인을 향해 소리쳤다.

"그만 돌아와!"

"더 죽이고 싶다."

"말 들어!"

"……알았다."

5장
최후의 전쟁(7)

최후의 전쟁(7)

 새벽이 되었건만 세상은 여전히 칠흑 같은 어둠에 휩싸여 있었다. 이제 곧 있으면 건곤일척의 대전투가 시작될 터였다.
 나백은 막사에서 불을 끈 채로 자신만의 의식을 거행했다.
 그동안에는 감히 누구도 막사 안으로 들어설 수 없었다. 누구도 방해해서는 안 되는 신성한 의식이기 때문이었다.
 의식은 대략 한 시진에 걸쳐 이어졌고, 나백이 감았던 눈을 뜨면서 끝났다.
 나백이 등촉을 밝히자 측근이 그제야 막사 안으로 들어왔다.

"드십시오."

나백은 측근이 건넨 술잔을 비웠다.

측근이 막사 한쪽에 걸어 두었던 갑주를 갖고 오자, 나백은 갑주를 걸치며 전의를 다졌다.

'무슨 일이 있더라도 저녁이 되기 전에 이 전쟁을 끝낸다.'

나백은 자신했다. 무조건 이 전쟁을 이길 거라고.

쏴아아!

빗줄기 소리가 여전히 거셌다. 막사를 이리저리 흔들어대는 강한 바람도 지난밤과 비교해 조금도 변함이 없었다.

"동영 측은 준비를 끝마쳤느냐?"

"예. 다만 아직 풍천은 모습을 보이지 않고 있습니다."

"……그래?"

측근이 힘주어 말했다.

"먼저 나가지 마십시오."

"자존심을 앞세울 때가 아니다."

"하지만 그자는……."

"됐어."

나백은 검을 챙겨 막사 밖으로 나섰다.

이미 모든 준비를 마친 무사들이 빗속에서 도열한 채 그를 기다리고 있었다.

나백은 끝이 보이지 않는 대군의 곳곳을 천천히 쓸어

보며 안광을 번뜩였다.

"가서 풍천에게도 그만 움직이라고 전하거라."

"알겠습니다."

측근 하나가 동영의 군영으로 달려갔다.

나백은 동영의 군영이 있는 곳을 응시하며 차갑게 웃었다.

'이 정도쯤은 얼마든지 양보해 준다, 풍천.'

먼저 나와서 기다리는 것. 우습게 여겨질 수도 있었지만 나백이나 풍천 같은 자들에게는 자존심이 걸린 문제였다.

그럼에도 나백은 먼저 나왔다.

'이 전쟁을 이길 수만 있다면…….'

* * *

풍천은 느긋하게 술잔을 기울였다.

잔이 비자 풍패가 빈 잔에 술을 채웠다.

쪼르륵.

"저쪽은?"

"이미 준비를 마치고 태합 전하를 기다리고 있다 합니다."

"그래?"

풍천의 입가에 흐릿한 미소가 걸렸다.

"자존심으로 먹고사는 양반이 먼저 나왔다? 하면 그만큼 절박하다는 것이겠지. 후후후."

"그렇습니다."

그때였다.

"전하! 빙궁에서 사람이 왔습니다!"

"들여라."

막사 안으로 나백의 측근이 들어섰다. 그는 술잔을 손에 쥐고 있는 풍천을 응시하며 인상을 그렸다.

"대궁주께서 기다리고 계시오."

"그래? 이거 미안하게 되었군. 나는 또 그쪽 대궁주가 한참 걸릴 줄 알았지 뭐야."

"속히 나서시오."

다그침에 풍패의 눈빛이 매섭게 변했다.

"예를 갖춰라! 감히 어느 안전이라고 함부로 입을 놀리는 것이냐!"

"아, 아. 그만."

풍천이 말렸다. 그는 쥐고 있던 술잔을 비우고는 천천히 일어섰다.

그를 지켜보던 나백의 측근이 한순간 눈빛을 떨었다. 앉아 있을 땐 미처 몰랐는데, 일어서니 마치 거대한 산이 움직이는 것 같은 느낌이 든 것이다.

"자, 그럼 이만 나가 볼까?"

풍패가 재빨리 막사를 열어젖혔다.

풍천은 나백의 측근의 어깨를 슬쩍 쳐주고는 막사 밖으로 나섰다. 역시 모두가 준비를 마친 채 그를 기다리고 있었다.

그는 거침없이 쏟아지는 빗줄기를 응시하며 미간을 좁혔다.

"날이 밝으면 그치겠지."

아쉬웠다. 비가 그쳤더라면 가장 강력한 전력인 신무기를 가동할 수 있었을 터.

하지만 풍천은 걱정하지 않았다. 나백만큼이나 그도 이 전쟁의 승리를 믿어 의심치 않고 있었다.

호위들이 죽산(竹傘)을 들고 다가왔다.

잠시 후, 풍천이 향한 곳은 기이한 모습을 한 마차였다. 마차라기보다는 전차에 가까운 모습을 하고 있었는데, 지금까지는 사용한 적이 없는 것이었다.

"가자꾸나."

"예!"

전차가 먼저 움직였다. 그리고 동영의 대군이 그 뒤를 쫓아 움직이기 시작했다.

나백의 측근은 그 모습을 지켜보며 지그시 입술을 깨물었다.

'엄청난 기세다.'

꽈악!

'이 전쟁…… 무조건 우리가 이긴다!'

놀람은 곧 확신으로 이어졌다.

* * *

연후는 무복을 걸쳤다.

흑색 장포에 황금색 용 문양을 수놓은 그것은 과거 조영의 모친이 손수 지어 준 것으로, 이제는 북천의 주군을 상징하는 신물이 되어 있었다.

동방리가 검을 가져왔다.

두 사람의 시선이 얽혀들었다.

연후의 팔이 동방리의 허리를 감았다. 뒤이어 서로가 서로의 입술을 찾았다.

감미롭기보다는 비장함이 흐르는 입맞춤은 꽤 오랫동안 이어졌다.

"이기세요."

"그럴 거요."

"조심하시고요."

"당신도 조심하시오."

연후와 동방리는 나란히 거처를 나섰다.

밖에 측근들이 모여 있었다. 철우와 악소가 보이지 않

앉다. 백무영도 없었다.

연후의 지시에 따라 자신들이 있어야 할 곳으로 미리 떠난 까닭이었다.

현진이 머리를 숙였다.

"나가시지요."

연후는 대전각을 나와 정문으로 향했다. 이미 무사들은 쏟아지는 빗속에서 그가 나오기를 기다리고 있었다.

이정무가 다가왔다.

"적이 올라오고 있소."

연후는 묵묵히 고개를 끄덕이며 동영군이 있는 곳을 바라봤다.

김관회와 최광, 김철이 그를 향해 포권을 취했다. 그 옆에 북부의 무벌이 도열해 있었는데, 신의겸과 신무광이 머리를 숙였다.

"하면 우리는 이만 나가 보겠소이다!"

신의겸이 목소리가 주변을 쩌렁쩌렁 울렸다. 뒤이어 무벌의 병력이 정문을 빠져나가기 시작했다.

"벌주."

신의겸이 연후를 돌아봤다.

"고맙소."

"그 말은 이 전쟁을 이겼을 때 듣도록 하겠소!"

신의겸이 빗속으로 멀어졌다. 그 모습을 잠시 지켜본

연후는 정문을 향해 걸었다.

송영이 머리를 조아렸다.

"주군."

연후는 석차 주변에 잔뜩 쌓여 있는 돌덩이들을 한 번 쳐다보고는 송영의 어깨에 손을 얹었다.

둘 다 아무 말도 하지 않았다.

하지만 그것이면 충분했다.

연후는 정문 위로 올라섰다. 좌우로 늘어선 무사들이 일제히 그를 향해 머리를 조아렸다.

연후는 남쪽을 바라봤다.

아직 칠흑 같은 어둠이 걷히지 않았지만 진격을 해 오는 적의 모습이 머릿속에 붓으로 그리는 것처럼 선명하게 그려졌다.

현진이 올라섰다.

"좌우측 숲도 모든 준비를 끝냈습니다."

"이제 기다리는 것만 남았군."

"예."

쏴아아!

빗줄기가 조금씩 가늘어지고 있었다.

"비가 그치려나?"

"지난밤의 하늘을 보면 적어도 하루는 더 올 것처럼 보였는데……."

현진의 낯빛이 무겁게 가라앉았다. 연후도 마음이 무거웠다.

 거센 빗줄기는 동영이 신무기를 사용할 수 없으니 더없이 힘이 되는 우군이었다.

 그때였다.

 펑! 펑!

 전방 먼 곳에서 폭죽 두 발이 어둠을 몰아내며 화려하게 터졌다. 적의 등장을 알리는 신호탄이었다.

 불꽃은 빗줄기에 휩쓸려 금방 소멸되었다.

 "착탄!"

 송영의 외침이 울렸다.

 끼끼끼…….

 석차들이 일제히 뒤로 휘어지기 시작했다.

 연후는 좌우의 무사들을 살폈다. 저마다 결연한 표정으로 전투태세를 갖춰가고 있었지만 몇몇은 극도의 긴장감으로 인해 벌써부터 호흡이 거칠게 변해 가고 있었다.

 "교대!"

 각 부대의 장들이 긴장한 무사들을 아래로 내려보내고 다른 무사들로 자리를 채웠다.

 연후는 현진을 돌아봤다.

 "여기서 싸울 건가?"

 "예. 따로 작전이 필요 없으니 여기서 한 손이라도 거들어야지 않겠습니까. 한데 동영이 정말 동쪽으로 올까요?"

"나백은 유일하게 정찰을 하지 못한 동쪽으로 병력을 보내지 않았다. 아니, 못했다고 봐야겠지. 뭐가 있을지 몰라 두려웠을 테니까."

"나백이 그 사실을 숨기고 풍천에게 동쪽을 맡아 달라고 할 가능성이 높겠군요."

"아주 높은 확률로 그럴 거라 본다."

"전투 중에 비가 그친다면…… 아주 힘든 전쟁이 되겠군요. 조심하십시오."

"그러마."

연후는 현진의 어깨에 손을 얹었다.

"조심해라."

"걱정 마십시오. 제 명줄이 좀 질기잖습니까."

현진이 흐릿하게 웃었다.

연후는 뒤를 돌아보았다.

대전각의 마당으로 동방리와 서령이 나서고 있었다. 부상에서 회복을 한 주작전주 차소령도 보였다.

연후와 동방리의 시선이 허공을 격하고 얽혀들었다. 연후는 흐릿하게 웃었지만 동방리는 눈빛을 떨며 지그시 입술을 깨물었다.

"다녀오겠소."

* * *

철그럭! 철그럭!

대군이 움직일 때마다 쇳소리가 산천초목을 흔들었다. 기세에 눌린 어둠이 도망치듯 물러갔고, 서서히 동이 트기 시작했다.

나백은 이전과는 달리 선두에서 움직였다.

그는 어둠에 잠긴 철혈가를 노려보듯 응시하며 눈빛을 가라앉혔다.

'이렇게 긴장하기는 처음인데……'

승리를 확신하고 있었지만 긴장감이 밀려드는 것은 어쩔 수가 없었다.

'무조건 이긴다!'

그때 측근이 다가왔다.

"동영이 동쪽으로 움직였습니다."

"풍천이 선두에 섰느냐?"

"예."

"다행이군."

"그렇습니다. 한데 이상한 말을 들었습니다."

"이상한 말이라니?"

"동영이 서쪽으로 올라오던 도중에 독인이 나타났다고 합니다. 상세히 말하지는 않았지만 독인 때문에 피해가 꽤 컸던 것 같았습니다."

"독인이라······."

나백의 미간에 주름이 잡혔다.

일차 전쟁 때도 그랬고, 다시 침공을 결정하고 이곳까지 내려오면서 너무 많이 당했던 까닭에 이제 독이라는 말만 들어도 치를 떠는 그였다.

"만약 독인이 나타나면 그 즉시 공멸 부대를 투입하여 끝장을 내야 한다. 알겠느냐?"

"알겠습니다."

나백은 다시 시선을 전방으로 돌렸다.

어둠이 서서히 엷어지면서 철혈가가 어렴풋이 모습을 드러내고 있었다.

그때 무사 한 명이 전방에서부터 달려왔다.

"철혈가로 향하는 길목에 시신들이 그대로 방치되어 있습니다!"

"뭐라?"

"특히 전마들이 한곳에 몰려서 죽어 버리는 바람에 진격에 다소 지장이 초래될 것 같습니다!"

"지독한 놈들. 진격을 방해할 목적으로 시신을 치우지 않았단 말인가!"

"실로 독한 종자들입니다. 그 많은 시신이 썩어 가면서 내는 악취가 이만저만이 아닐 텐데 말입니다. 게다가 철혈가의 코앞이지 않습니까."

측근이 치를 떨었다.

하지만 나백은 곧 싸늘히 웃었다.

"그만큼 절박한 상황이라는 것이지."

그가 곧 뒤를 돌아보며 외쳤다.

"진격을 준비하라!"

"진격을 준비하라!"

두두두!

삼만에 달하는 선봉대가 앞으로 나서기 시작했다. 뒤이어 비슷한 숫자의 병력이 좌우측 숲으로 방향을 틀었다.

첫 전투에서 좁은 정면을 고집했다가 실패했던 나백은 최대한 넓은 공간을 통해 공격 시간을 줄이기로 결정했다.

스르릉!

나백이 검을 뽑았다.

말이 검이지 어지간한 대도보다 더 길고 넓은 그것이 혈광을 뿌려 대며 모습을 드러내었다.

"진격하라!"

* * *

서쪽 산악 지대.

기어코 적을 물리친 월가와 황하수련은 곧장 철혈가를 향해 움직였다.

하지만 서백과 박찬은 육손을 찾아 따로 움직였다.

"저쪽입니다!"

박찬이 전방을 가리켰다.

서백은 박찬이 가리킨 곳을 응시하며 눈빛을 가라앉혔다.

'저쪽으로 가면 주군가의 서북쪽 산악 지대가 나오는데…… 하면 적의 일부가 그곳으로 향하고 있다는 건가?'

동영의 본대는 이미 오래전에 협곡을 빠져나갔다. 워낙에 대군이니 서북쪽이 아니라 곧장 서남쪽으로 진격로를 틀었을 가능성이 높았다.

서북쪽은 이곳보다 더 지형이 험해서 대군이 이동하기에는 무리가 있었다.

"갑시다!"

"예!"

서백과 박찬은 육손의 흔적을 쫓아 몸을 날렸다. 추종술을 익힌 박찬 덕분에 육손의 흔적을 찾는 것은 그리 어렵지가 않았다.

그렇게 얼마를 더 달렸을까?

"적이 이곳을 지나간 것 같습니다!"

서백은 묵묵히 고개를 끄덕였다. 추종술을 익히지 않았

어도 한눈에 알아볼 만큼 흔적이 짙게 남아 있었다.
"적의 본대는 아닌 것 같습니다!"
"역시 일부가 주군가의 서북쪽으로 향하고 있는 것 같소."
"배후를 칠 목적일까요?"
서백은 고개를 저으며 차갑게 웃었다.
"만약 도중에 방향을 틀지 않는다면 스스로 지옥을 찾아 들어가는 꼴이 될 거요."
"……예?"
"주군가의 서북쪽 산악 지대에는 군사께서 설치한 진으로 도배가 되어 있소. 누구라도 한 번 걸려들면 살아서는 빠져나가지 못할 거요."
"아……."
"서두릅시다."
파파팟!
서백은 전력을 다해 달렸다. 가면서 그는 부디 육손이 무사하기를 빌고 또 빌었다.
그렇게 얼마를 달렸을까?
전방에 시신이 무더기로 나뒹굴고 있었다. 동영의 인자들이었다.
"육손 님에게 당한 것 같습니다!"
'왜 곧장 주군가로 가지 않고 이들을 쫓고 있는 것이냐,

육손.'

* * *

"크아악!"
"끄악!"
또다시 처절한 비명이 연이어 터졌다.
하지만 서문회는 무시하고 달렸다. 그의 그러한 태도에 뒤를 따르는 인자들이 불만을 드러냈다.
그러나 서문회는 아랑곳하지 않았다.
"여기서 발목이 잡히면 태합을 돕지 못하게 된다! 그래도 좋다면 가서 돕거라!"
"……!"
인자들은 감히 그러지 못했다. 동료의 죽음은 안타깝지만, 그들에게 최우선은 풍천을 도와 이 전쟁을 승리하는 것이었다.
"속도를 올려라!"
파파팟!
"크악!"
"끄아악!"
처절한 단말마가 점점 아련해져 갔다.
서문회의 속내는 결코 편치 못했다.

'이런 식으로 병력을 잃으면 곤란한데…….'

그렇다고 달리 방도도 없었다. 구하기 위해서 달려가면 감쪽같이 사라져 버리는 상황만 몇 번에 걸쳐 벌어졌다.

'곧 전투가 시작된다. 그 전에 도착해야 한다.'

그때였다.

펑!

우측에서 폭음과 함께 녹연이 피어올랐다.

서문회는 재빨리 외쳤다.

"호흡을 멈추고 위쪽으로 올라가라!"

뒤를 따르던 동영군이 일제히 좌측의 능선 위쪽으로 올라서기 시작했다.

다행히 바람이 위에서 아래로 불고 있어서 피해는 거의 입지 않았다. 하지만 가까운 곳에서 달리던 무사 몇 명이 피를 토하며 꼬꾸라지는 것만은 피할 수 없었다.

서문회는 우측 숲을 살폈다.

그때 또다시 뭔가가 날아들었다.

펑!

동시에 서문회는 숲으로 뛰어들었다.

'제아무리 독인이라도 내겐 상대가 되지 못한다!'

치르륵!

강기 한 발이 그의 검을 떠났다.

콰콰콱!

숲 뒤쪽에서 잘린 수풀과 나뭇가지가 솟구쳤다.

그곳으로 뛰어들며 검을 휘두르던 서문회는 순간 멈칫했다.

이미 그곳엔 아무도 없었던 것이다.

'빌어먹을 놈…….'

펑! 펑!

"크악!"

"끄아악!"

"……!"

처절한 단말마에 서문회는 황급히 동영군이 있는 곳으로 되돌아갔다. 수십 명의 동영군이 피를 토하며 쓰러지고 있었다.

"더 위쪽으로 올라가라!"

* * *

육손의 어깨에서 피가 흘렀다.

갈라진 장포 사이로 자상이 드러났는데, 다행히 상처는 깊지 않았다. 조금 전 서문회가 날린 강기에 스쳐 맞은 것이었다.

'큰일 날 뻔했어.'

독인이 되었어도 감정은 평소와 다를 바 없는 육손이었

기에 모골이 송연해졌다.
 파팟!
 수풀 너머에서 괴인이 달려왔다.
 육손을 대신해 독탄을 두 발 던지고 돌아오는 길이었다. 괴인이 육손의 어깨를 보고는 두 눈에서 혈광을 줄기줄기 뿜었다.
 "아프나?"
 "빗맞아서 괜찮아."
 "그 새끼 내가 죽일게."
 "안 돼. 네 상대가 아니야."
 "그렇게 세?"
 "그럼. 너보다 훨씬 더 강한 자야."
 "……참을게."
 육손은 장포를 찢어 환부를 동여매고는 다시 움직이기 시작했다.
 '너흰 절대 능선 아래로 내려오지 못해. 내려와서도 안 돼. 너희가 가야 할 곳은 주군가의 서북쪽이어야 하니까.'
 육손은 일부러 맞바람을 안고 독공을 펼쳤다.
 적으로 하여금 능선 아래로 내려오지 못하게 할 심산이었다. 그래야 방향을 틀지 못하고 진이 깔려 있는 서북쪽 산악 지대로 가게 될 테니까.
 육손은 숲 너머로 보이는 서문회를 바라봤다. 그는 조

금 전의 상황을 떠올리며 지그시 입술을 깨물었다.
'수천의 인자보다 저자 하나가 더 위험할지도…….'

* * *

얼마를 달렸을까?
날이 밝아지더니 드디어 산 아래로 철혈가가 보이기 시작했다.
서문회는 난감했다.
'저곳으로 가야 하는데, 독인 때문에 함부로 방향을 틀 수가 없으니…….'
언제까지 희생을 감수할 순 없었다. 병력을 너무 많이 잃어버리면 운영의 폭이 좁아질 터. 그렇다고 혼자 내려가려니 이후에 문제가 될 수도 있었다.
어찌 되었건 이 전쟁이 끝나기 전까지는 풍천의 신뢰를 유지해야만 했다.
갈등하는 와중에도 서문회와 동영군은 쉬지 않고 움직였다.
서문회는 철혈가의 뒤쪽을 응시하며 눈빛을 가라앉혔다.
'방어를 위한 진이라면 저쯤부터 설치를 해 두었을 터. 하면 그 전에 방향을 틀어야 하는데…….'

결국 서문회는 결단을 내렸다. 더 많은 피해를 감수하고서라도 남쪽으로 방향을 틀기로.

"철혈가로 내려간……."

서문회의 외침은 끝까지 이어지지 못했다. 두 줄기 혈광이 날아들었기 때문이다.

서문회는 재빨리 검막을 일으켜 혈광을 막아 냈다.

꽈광!

그걸로 끝이 아니었다. 시커먼 뭔가가 머리 위를 넘어갔고, 어김없이 동영군의 지척에서 폭음과 함께 녹연을 일으켰다.

퍼펑!

"크악!"

"끄아악!"

'혼자가…… 아니다!'

서문회는 비로소 독인 말고 또 다른 존재가 있음을 깨달았다. 그것도 상당한 고수가.

번쩍!

또다시 날아드는 두 줄기 혈광.

"죽여 주마."

쾅!

땅을 박차고 뛰어오른 서문회는 두 줄기 혈광을 피해 숲으로 뛰어들었다.

그런 그를 향해 거대한 빛 덩어리가 날아들었다.

"……!"

서문회는 호신강기를 일으킴과 동시에 검을 풍차처럼 회전시켰다.

쐐애액!

빛 덩어리가 검이 일으킨 힘을 이기지 못하고 소멸되어 갈 때, 누군가가 서문회를 향해 달려들었다. 괴인이었다.

예상치 못한 기습에 서문회는 보법을 이용해 뒤로 물러서면서 일검을 휘둘렀다.

꽝!

"……!"

충격과 함께 서문회가 뒤로 밀렸다. 빛 덩어리를 막아내면서 중심을 잃은 상태에서 충돌했던 까닭에 벌어진 결과였다.

서문회의 두 눈이 가늘게 흔들렸다.

'분명 맨손이었다. 한데 어찌…….'

찰나의 순간에 자신을 향해 날아들던 갈고리 같던 손을 봤었다.

자신의 검은 정확하게 손목을 후려쳤다. 아무리 중심을 잃은 상태였더라도 두 동강이 났어야 할 상황. 그런데 이 강력한 충격은 뭐란 말인가.

슈아악!

또다시 거대한 빛이 날아들었다. 이번에는 기괴하게도 살아 있는 호랑이의 형태를 하고 있었다.

'환술!'

서문회는 신속하게 뒤로 물러섰다.

환술은 그에게까지 미치지 못하고 소멸되었다.

* * *

"으……."

괴인이 자신의 손을 내려다보며 두 눈에서 혈광을 뚝뚝 떨어뜨렸다.

갈라진 살갗 사이로 시커먼 뼈가 드러나 있었다. 조금만 더 강하게 맞았더라면 팔목부터 떨어져 나갔을 것이었다.

"저놈…… 무섭다."

"그러니까 혼자 달려들지 말랬잖아."

오히려 육손이 더 놀랐다.

찰나의 순간에 괴인이 서문회를 향해 달려드는 것을 발견하고는 황급히 환술을 펼쳐 서문회의 중심을 무너뜨렸다. 만약 그러지 않았다면 괴인을 잃었을 수도 있는 위기였다.

"또 그럴 거야?"

"싫다. 무섭다."

감정이 없으니 당연히 두려움을 모르는 괴인이었다. 하지만 지금은 두려움을 진하게 드러내고 있었다. 실낱처럼 남아 있던 본능이 깨어난 탓이리라.

육손은 숲 너머를 통해 서문회를 응시하며 눈빛을 떨었다.

'역시 무서운 자야. 그래서 더더욱 막아야 해.'

그때였다.

[나다! 육손!]

뒤쪽에서 서백의 전음성이 흘러들었다.

육손이 놀라서 고개를 돌렸다.

[독 때문에 가까이 갈 수 없지만 지금부터 너와 함께 할 테니 무슨 계획인지 그것부터 말해라!]

[저자가 전쟁에 뛰어들지 못하게 해야 합니다! 그러자면 진이 깔려 있는 주군가의 서북쪽으로 몰아야 해요!]

[알았다! 조심해라!]

[형님도 조심하세요!]

* * *

서백은 숲에 가려 잘 보이지 않는 적을 응시했다. 서문회는 보이지 않았다.

'그래서 맞바람에도 불구하고 일부러 독탄을 아래쪽으로 던졌구나. 그러면 적이 능선 위쪽으로 올라갈 수밖에 없을 테니까.'

육손의 뜻을 헤아린 서백은 박찬을 돌아봤다.

"독탄이 몇 개나 남았소?"

"세 개 정도 있습니다."

아쉬운 숫자였다. 하지만 서백은 최선을 다하기로 결심했다. 아직 자신에게는 독탄을 달아 놓은 다섯 발의 화살이 남아 있었다.

"일단 적을 따라갑시다."

"예!"

서백과 박찬은 서문회가 있을 것으로 추정되는 지역에서 최대한 멀리 떨어진 곳을 타고 적을 쫓았다. 아니, 쫓는 것이 아니라 함께 달린다고 하는 것이 옳은 표현이리라.

그렇게 얼마나 더 달렸을까?

이제 조금만 더 가면 진이 시작되는 지점이었다.

서백은 시위에 화살을 얹었다.

타앙!

쐐애액!

허공을 가르고 날아간 화살이 적의 측면에 떨어지며 독연을 일으켰다.

쾅!

육손의 독이라 반응은 금방 나왔다.

"크악!"

"컥!"

"독이다! 더 위쪽으로 올라가라!"

"닥쳐! 언제까지 이렇게 피하기만 할 거냐! 모두 공격을 해야지!"

백여 명에 달하는 인자가 화살이 날아든 곳을 향해 일제히 방향을 틀었다.

서백이 코웃음을 쳤다.

"흥! 제법 용감하다만……."

쐐애액!

두 발의 화살이 동시에 날아갔다. 화살은 정확하게 적의 한복판에 떨어졌다.

콰쾅!

"크아악!"

"끄악!"

"독인 말고 더 있는 것 같습니다!"

"빌어먹을! 도대체 몇 명이 있는 거야!"

용맹함도 소용없는 가공할 독공의 위력에 인자의 수장이 온몸을 바들바들 떨었다.

그때 서문회가 떨어져 내렸다.

"용맹함과 무모함조차 구분하지 못하다니……. 속히

이곳을 벗어난다!"

"예……!"

쐐애액!

쾅!

지척에서 폭음과 함께 독연이 피어올랐다.

서문회는 호신강기를 일으킴과 동시에 앞서 달려가는 적들을 쫓아 몸을 날렸다.

하지만 서문회가 모르는 것이 있었다. 자신의 예상보다 훨씬 더 가까운 곳에서부터 진이 시작된다는 것을.

서문회는 주변을 살폈다.

'더 들어가면 위험하다! 이쯤에서 방향을 틀어야 한다!'

그렇게 생각하고 공력을 담아 외치려고 할 때였다.

"……!"

서문회는 두 눈을 부릅떴다.

갑자기 전방에 수많은 시신이 나타났다. 이미 썩어 들어가기 시작한 시신으로 인해 숨을 쉴 수조차 없을 만큼 악취가 진동을 했다.

'북해빙궁?'

그랬다. 시신이 입고 있는 무복은 틀림없는 북해빙궁의 문양을 하고 있었다.

순간 서문회의 귓가에 북해빙궁의 병력이 진법에 걸려 몰살을 당했다던 말이 환청처럼 울렸다.

휘리릭!

서문회의 뒤로 인자들이 뛰어들었다. 그들도 난데없는 상황에 경악을 금치 못했다.

그때 누군가 외쳤다.

"주변이 변했습니다!"

"뭐야! 갑자기 왜 이래!"

소동이 일었다.

"서문 공! 아무래도 뭔가 이상합니다! 주변 환경이 완전히 다른 곳으로 바뀌어 버렸습니다!"

그제야 흠칫하며 주변을 둘러본 서문회의 얼굴이 무참히 일그러졌다.

'진에…… 빠졌다!'

* * *

"됐어!"

육손이 환호성을 지르며 그 자리에서 펄쩍 뛰어올랐다. 멀지 않은 곳에서 서백과 박찬도 환호성을 질렀다.

서백은 육손을 응시했다.

숲 밖으로 나선 육손이 서백과 박찬이 있는 곳을 돌아봤다.

"잘했다, 육손!"

"형님이 도와주신 덕분입니다!"

"흑!"

박찬이 눈물을 쏟았다. 독인이 되어 버린 육손을 보고 있자니 감정이 울컥 치민 것이다.

육손은 오히려 해맑게 웃었다.

"이렇게 얼굴이라도 볼 수 있으니 울지 마세요!"

하지만 육손의 눈가도 이미 붉게 충혈되며 습기를 머금어 가고 있었다.

서백이 박찬을 돌아보며 말했다.

"가진 독을 모조리 진 속으로 던져 버려야 하니 그만 내려갑시다."

"……예."

서백은 육손을 돌아보며 물었다.

"네 독이 진 속까지 영향을 끼칠 수 있냐?"

"진 안으로 들어갈 수 없으니 가장자리에 몰려 있는 적들이 아니면 힘들 겁니다!"

"그래도 할 수 있는 데까지는 해 봐야지. 우린 좌측으로 갈 테니 너는 반대편으로 가라!"

"아뇨! 바람이 반대로 불고 있으니 제가 좌측으로 갈게요!"

"그래. 알았다."

* * *

연후가 향한 곳은 동쪽이었다.

이미 이만에 달하는 혈왕군과 역시 이만에 달하는 적랑단이 석차 세 기와 함께 그곳에 도열해 있었다.

다만 신휘는 없었다. 그는 일만의 혈왕군과 함께 이전처럼 서쪽을 방어하는 임무를 맡고 있었다.

"충!"

혈왕군이 연후를 향해 군례를 취했다.

방패와 무기로 중무장을 한 그들에게서 한 올의 두려움조차 느껴지지 않았다.

연후는 주변을 살폈다.

이미 백성들은 보다 안전한 곳으로 피신을 시킨 뒤였기에 대연무장과 그 너머의 초지는 텅텅 비어 있었다.

곧 피와 죽음이 난무할 혈전의 장이 될 곳이었다.

신우와 관량이 다가왔다.

"어서 오십시오."

"정찰병은 돌아왔나?"

"아직입니다. 하지만 시간이 꽤 지났으니 곧 돌아올 것입니다."

적의 움직임을 정찰을 통해 확인해야 한다는 것. 연후는 다시금 독수리의 부재가 아쉬웠다.

연후는 전방의 초지를 가리키며 말했다.
"적을 이곳까지 끌어들인다. 그런 다음 북부의 무벌이 후미를 공격할 때, 우리는 측면을 친다."
"알겠습니다."
신우는 씩씩했다.
관량의 두 눈은 이미 살기를 머금고 있었다. 비록 상대가 북해빙궁이 아닌 동영이지만 그에게는 형의 복수를 해 줘야 할 전투였다.
"수적으로 열세인데, 두렵지 않나?"
"주군과 함께하는데 뭐가 두렵겠습니까? 저 친구들도 저와 같은 마음이니 염려하지 마십시오."
"저희 적랑단도 마찬가지입니다."
"그래."
연후는 신우와 관량의 어깨를 차례로 다독거려 주고는 혈왕군의 앞으로 나섰다.
"비가 그치기 전까지는 지금까지 해 왔던 전술로 적에 맞선다. 하지만 비가 그치면 적의 신무기에 대응할 수 있는 체제로 즉시 전환해야 한다는 것을 명심하도록. 알겠나?"
"예!"
혈왕군의 우렁찬 대답에 산천초목이 쩌렁쩌렁 울렸다.
그때였다. 전방에서 혈왕군 한 명이 달려왔다. 정찰에 나섰던 대원이었다.

"주군! 적이 올라오고 있습니다! 삼만 정도가 되는 것으로 보아 선봉대인 것 같습니다!"

연후는 신우를 돌아보며 명령을 내렸다.

"전투태세를 갖추도록."

"알겠습니다."

신우가 혈왕군을 향해 공력을 담아 외쳤다.

"전투태세로 전환한다!"

"전투태세로 전환하라!"

처처처척!

혈왕군이 기민하게 움직이기 시작했다.

먼저 일만의 혈왕군은 초지가 끝나는 지점으로 뛰어갔고, 나머지 일만은 남쪽에서 초지로 이어지는 길목을 차단하고 나섰다.

적랑단의 이만 병력은 초지 한복판에 이르러 신속하게 방어 대형을 갖춰갔다.

좌측은 깎아지른 절벽이 병풍처럼 늘어서 있어서 싸울 수 있는 공간은 한정적이었다. 물론 수적으로 열세인 연후와 혈왕군, 적랑단에게는 최상의 조건이었다.

연후는 하늘을 올려다봤다. 여전히 비는 내리고 있었지만 먼 곳에서부터 조금씩 먹구름이 걷히고 있었다.

'하늘이 오늘은 우리 편이 되어 주지 않을 모양이군.'

연후는 나지막이 숨을 고르고는 숲 앞쪽에 우뚝 솟아오

른 암벽 위로 올라섰다.

아직은 숲 때문에 적이 보이지 않았다.

그때였다.

쿠쿠쿠쿵!

육중한 소리가 정문 쪽에서 울렸다. 뒤이어 흘러드는 아련한 단말마들. 석차의 공격을 시작으로 전투가 시작된 모양이었다.

끼끼끼…….

초지에 다다른 석차 세 기가 일제히 쇳소리를 내며 움직이기 시작했다.

'어서 와라, 풍천.'

* * *

"선봉대가 올라간 지 제법 지났음에도 이렇듯 조용하다면 기습조차 하지 않겠다는 건가? 아니면 그럴 여력이 안 된다는 걸까?"

풍천은 너무 조용한 전방을 응시하며 슬며시 미간을 찡그렸다.

풍패가 이끄는 선봉대가 한참 전에 이곳을 지나갔다. 또한 자신이 이끄는 본대가 이곳까지 올라오는 동안에도 철혈가의 기습은 없었다.

그 바람에 기습에 대비했던 전략, 전술이 모두 무용지물이 되어 버렸다.

"어딘가에서 단단히 진을 치고 기다리는 것이면 선봉대가 위험할 수도 있겠군."

풍천은 곧장 명령을 내렸다.

"속도를 올려 선봉대와의 거리를 좁힌다!"

"진격 속도를 올려라!"

* * *

다시 선봉대를 맡은 풍패.

철혈가를 향해 진격하는 그의 표정이 꽤 일그러져 있었다.

"술까지 먹여 가며 얻은 정보가 무용지물이 되어 버리다니……."

선봉을 맡으라고 했을 때, 풍패는 철혈가의 정면을 곧장 치고 들어갈 줄로만 알았다. 그래서 빙궁의 무사들에게 첫 전투에서의 상황을 들으며 정보를 수집했다.

그런데 갑자기 공격 방향이 동쪽으로 바뀌면서 전혀 엉뚱한 곳을 타고 진격하는 중이었다.

"너무 조용하지 않습니까?"

측근의 그 말에 풍패는 짜증을 냈다.

"그럼 시끌벅적해야 한단 말이냐?"

"……."

"척후병을 보내 두었으니 대열 유지에나 신경을 쓰도록 해!"

"예!"

풍패는 전방 곳곳을 날카롭게 살폈다. 하지만 어디에서도 적의 흔적은 찾아볼 수가 없었다.

"흥! 수적으로 열세이다 보니 기습은 꿈도 꾸지 못하는 모양이군. 그렇다면 고마운 일이지."

"그렇습니다. 사실 이곳까지 올라오는 동안에 매복을 하기에 최적의 장소가 두 곳이나 있었는데 말입니다."

"대열 유지에 신경 쓰라고 했을 텐데?"

"……예."

꽈르릉!

쩌저적!

뇌전이 가까운 곳에서 거미줄처럼 얽히며 떨어졌다. 하지만 빗줄기는 새벽녘에 비해 확연히 가늘어진 상태였다.

풍패는 차갑게 웃었다.

"비만 그쳐 준다면 선봉을 맡을 만하지. 후후후."

그는 뒤를 돌아봤다.

멀지 않은 곳에 신무기로 무장을 한 부대가 따르고 있었다. 빗물이 들어가지 않게 할 목적으로 저마다 신무기를 천으로 단단히 덮어 가슴에 품고 있었다.

풍패는 유난히 큰 신무기를 품고 있는 자들을 응시하며 눈빛을 번뜩였다.

'부디 우리가 올라가는 곳에 이연후가 있어야 할 텐데……'

저 신무기로 연후를 잡는다?

생각만 해도 짜릿했다.

그때였다.

두두두!

한 기의 인마가 빗속을 헤치며 달려왔다. 척후에 나섰던 무사였다.

"산을 돌아가면 철혈가의 동쪽이 나옵니다! 거기까지는 전혀 적의 매복을 발견하지 못했습니다!"

"역시 기습은 생각지도 못한 모양이군. 한데 다른 놈들은 어쩌고 너만 돌아왔느냐?"

"더 넓은 범위를 살펴본다고 흩어졌습니다!"

"제대로 하고 있군. 북해빙궁은 어찌하고 있더냐?"

"제가 내려올 때 막 총공격을 시작하고 있었습니다!"

"그래?"

풍패는 안장에 걸어 둔 호리병을 끌러 목을 축였다. 호리병 속에는 술이 담겨 있었다.

"진격 속도를 올린다!"

"진격 속도를 올려라!"

둥둥둥!
두두두!

* * *

"컥!"

으드득!

인자 하나가 신의겸의 손아귀에서 목뼈가 으스러진 채 숨이 끊어졌다. 정찰에 나섰던 자였다.

"다른 쪽도 모두 처치했습니다."

"수고했다."

곧 신무광이 다가왔다.

"아버님, 적의 선봉대가 올라오고 있습니다."

"지나갈 때까지 기다린다. 우리의 목표는 적의 본대다."

"예."

신의겸은 조금 앞으로 나섰다. 그리고 숲 너머로 모습을 드러내기 시작한 풍패의 병력을 응시했다.

빗속을 헤치며 달려오는 풍패의 병력은 기세가 사뭇 대단했다.

하지만 신의겸은 오히려 차갑게 웃었다.

"죽을지도 모르고 잘도 달려오는군."

피가 끓었다.

태어나는 순간부터 전귀라 불리며 살아온 그와 무벌의 무사들이기에 눈앞을 지나가는 적을 그저 지켜만 본다는 것은 여간 고역이 아니었다.

 두두두!

 적의 대열은 끝이 없었다. 상대적으로 협소한 곳을 지나가는 바람에 더 길게 느껴졌다.

 그렇게 한참이 지나고서야 풍패의 병력은 신의겸의 시야에서 멀어졌다.

 "술."

 "여기 있습니다."

 신의겸은 수하가 건넨 술병을 단숨에 비우고 육포를 씹었다.

 그때 남쪽에서부터 무사 한 명이 달려왔다.

 "벌주! 적의 본대가 빠른 속도로 올라오고 있습니다! 얼마 지나지 않아 초입에 이를 것 같습니다!"

 "기습을 하지 않으니 안심하고 올라오는 모양이군."

 신의겸은 남은 술을 마저 비우고는 신무광을 돌아보며 지시를 내렸다.

 "적의 후미가 보이기 시작하면 그때 공격한다. 그때까지는 쥐 죽은 듯 기척을 감춰라."

 "예!"

* * *

풍천은 조용하기 짝이 없는 전방을 응시하며 흐릿하게 웃었다.

"주변을 보니 저기까지도 매복이 없었던 모양이군. 역시 수적인 열세는 천하의 이연후조차도 움츠리게 만든 건가? 후후후."

"그런 것 같습니다!"

"그래도 혹시 모르니 좌우 숲으로 정찰을 보내도록 하겠습니다!"

"그럴 것 없다. 매복이 있었다면 풍패의 병력과 먼저 부딪쳤겠지. 그냥 올라간다."

"예!"

풍천은 하늘을 올려다봤다.

여전히 비는 내리고 있었지만 먹구름은 확연히 줄어 있었다.

'비만 그쳐 준다면 이 전쟁은 우리가 압도하게 될 것이다. 후후후.'

6장
최후의 전쟁(8)

최후의 전쟁(8)

초지가 시작되는 초입으로 풍패의 병력이 들어섰다.

연후는 천천히 검을 뽑았다.

스르릉!

그것을 신호로 혈왕군도 일제히 무기를 뽑았다.

주변이 들끓기 시작했다.

적랑단이 앞으로 나섰다.

연후는 곁을 지나가는 관량을 향해 한마디 했다.

"조심해라, 관량."

"나중에 뵙겠습니다!"

관량이 이끄는 적랑단이 먼저 공격을 하기로 되어 있었다.

그런 다음 혈왕군이 좌우에서 적의 측면을 공격하여 적

의 본대가 올라오기 전에 최대한 빨리 궤멸시킨다는 것이 연후의 작전이었다.
"적랑단! 공격하라!"
우와아아!
두두두!
적랑단이 폭풍처럼 달려 나가기 시작했다.
적도 괴성을 지르며 달려들었다.
콰지직!
"크아악!"
"끄아악!"
첫 충돌에서 적랑단은 적의 선두를 사정없이 밀어붙였다. 전마의 덩치도 덩치이지만 철갑을 두르고 있어서 훨씬 더 강력한 파괴력을 지닌 덕분이었다.
하지만 적은 빨랐다.
순식간에 측면으로 방향을 전개하며 적랑단을 공격하기 시작했다.
까가강!
콰지직!
"크악!"
"으아악!"
연후는 전투가 더 격렬해질 때를 기다렸다.
혈왕군이 그를 쳐다봤다. 연후는 고개를 저었다.

"기다려라."

그 시간은 매우 짧았다.

순식간에 적랑단과 적이 한데 뒤섞이는 백병전 양상으로 흘러갔다.

"혈왕군, 공격하라!"

우와아아!

혈왕군이 달려 나갔다. 숲 맞은편에 포진했던 다른 혈왕군도 질세라 적을 향해 돌진했다.

연후는 순식간에 오십 장을 앞서 달려 나갔다. 가면서 그는 적진을 날카롭게 살폈다.

그리고 누군가를 발견하고는 살광을 머금었다.

'저놈이 수장이군.'

풍패였다.

우우웅!

검이 강기를 머금었다.

이런 식의 백병전에서는 검을 사용하지 않는 연후였다.

하지만 오늘은 아주 요긴하게 쓸 때가 있었다.

적의 수장을 처치하는 것.

바로 그것이었다.

위이잉!

혈마번이 먼저 날아갔다.

퍼퍼퍽!

"크악!"

"끄아악!"

연후는 피를 뿌리며 쓰러지는 적들을 뛰어넘었다. 그리고 한 적의 머리를 발판 삼아 더 높이 뛰어올랐다. 뒤이어 풍패를 향해 검을 던졌다.

쐐애액!

검이 파공성을 일으키며 섬전처럼 날아갔다.

혈전의 와중에도 섬뜩한 기운을 감지한 풍패가 황급히 검을 휘둘러 연후의 검을 막아 냈다.

꽝!

풍패가 연후를 돌아봤다.

그러고는 두 눈을 부릅떴다. 연후를 알아본 것이다.

그의 목을 베기를 꿈에서조차 바랐건만, 막상 대면하고 보니 온몸에서 소름이 쫙 올라왔다.

그때 연후가 차갑게 웃었다.

풍패의 미간이 일그러졌다.

'왜…… 웃지?'

퍽!

"컥!"

검이 풍패의 뒤통수를 뚫고 입으로 튀어나왔다.

'분명 쳐 냈는데…….'

풍패는 죽어 가며 불신에 눈빛을 떨었다. 그는 숨이 끊어지기 전에 해답을 찾아냈다.

'어검술······.'

털썩!

전마에서 떨어진 풍패는 그대로 숨이 끊어졌다. 끝을 모를 야망으로 이 전쟁에 임했던 풍패의 허망한 최후였다.

"대장!"

"대장이 당했다!"

풍패 주변의 적들이 동요하기 시작했다.

하지만 다른 적들은 적랑단을 맞아 정신없이 싸우고 있었던 까닭에 그 사실조차 인지할 수 없었다.

철컥철컥!

연후는 방패에서 칼날이 튀어나왔다.

혈왕군의 방패도 마찬가지였다.

'이제 남은 것은 도륙뿐······.'

* * *

전령이 달려와 외쳤다.

"전투가 벌어진 것 같습니다!"

풍천의 명령이 주변을 쩌렁쩌렁 울렸다.

"전속으로 진격한다!"

"전속으로!"

전위 부대가 먼저 치고 나갔다.

풍천은 선두에 서지 않고 중군에서 호위대와 함께 움직였다.

까가강!

"으악!"

"크아악!"

전방에서부터 바람을 타고 아련하게 흘러드는 단말마.

풍천은 천천히 애검을 뽑았다.

스르릉…….

지난날 패하고 동영으로 돌아간 이후 수많은 자의 생을 끊어 냈던 애검이 새파란 광채를 발하며 모습을 드러내었다.

'이 전쟁이 끝나면 동영은 역사에 없을 영광의 시대를 열어가게 될 것이다. 나, 풍천으로 인해서…….'

그때였다.

쐐애액!

머리 위에서 파공성이 일었다. 고개를 쳐든 풍천의 두 눈에 허공을 가르며 날아드는 거대한 돌덩이들이 선명하게 맺혔다.

"……석차?"

쿠쿠쿵!

"크악!"

"으아악!"

돌덩이가 떨어진 곳에서 피와 살이 튀었다.

그중에 하나는 풍천과 이십 장 정도 떨어진 곳에 떨어졌다.

제아무리 날고 긴다는 인자들도 돌덩이를 맞고 살아남을 순 없는 법. 하물며 수백 개의 쇳조각이 든 항아리까지 터지면서 한꺼번에 열 명 이상이 피떡이 되어 날아갔다.

풍천이 두 눈을 부릅떴다.

"대체 어디서 쏘는데 여기까지 날아온단 말이냐!"

"전투가 벌어지고 있는 곳에서 날아온 것 같습니다!"

"뭐라?"

"궤적이 그러했습니다!"

풍천은 믿을 수가 없었다.

풍패의 선봉대가 전투를 벌이는 곳은 거리가 제법 되었다. 제아무리 강력한 석차라도 여기까지 돌덩이를 날릴 순 없었다.

"또 날아옵니다!"

쐐애액!

쿠쿵!

"크악!"

"끄아악!"

"낙탄 지점을 피해 진격하라!"

"좌우로 간격을 벌려라!"

파르르…….

풍천이 눈빛을 떨었다.

'앞서 지나간 병력을 무시하고 일부러 우리를 노린 것이라면…….'

생각이 거기에 미치자 풍천은 등골이 서늘해졌다.

'그만큼 여유가 있다는 것인가!'

아니면 화력을 풍패가 이끄는 선봉대에 집중했어야 했다.

쐐애액!

돌덩이 하나가 풍천의 머리 위를 지나갔다.

쿵!

"켁!"

"크악!"

처참히 쓰러지는 수하들의 모습에 풍천의 두 눈이 살광을 폭사했다.

"이것들이…….'

* * *

쿠쿵!

"으악!"

"크아악!"

굉음에 뒤섞인 처절한 단말마가 신의겸의 귓속을 흔들기 시작했다.

"시작된 모양이군."

신무광이 말했다.

"적의 후미가 거의 다 지나갑니다, 아버님!"

"그럼 시작해야지."

신의겸이 언월도를 내리며 일어섰다. 그러고는 측근들을 향해 힘주어 말했다.

"이 전쟁은 우리의 전쟁이다. 이 전쟁을 이겨야 우리 부족은 새로운 터전을 마련할 수 있다. 하니 다들 죽을힘을 다해 싸워라."

신의겸의 두 눈이 불꽃을 일렁거렸다.

그가 성큼 숲을 나서며 공력을 담아 외쳤다.

"공격하라!"

와아아아!

무벌의 무사들이 함성을 지르며 숲을 뛰쳐나갔다. 동시에 맞은편 숲에서도 병력이 달려 나왔다.

신의겸의 언월도가 적의 머리를 그대로 날려 버렸다.

퍽!

"크악!"

"적이다! 좌측에 적이다!"

"우측에도 있습니다!"

기습을 예상하지 못했던 걸까? 동영군은 혼비백산하며 대열이 흐트러지기 시작했다.

하지만 동영에서 전투에 이골이 난 자들이 대부분이라 빠르게 혼란을 수습하며 이내 무벌의 공격에 맞서기 시작했다.

하지만 그들이 모르는 것이 있었다. 지금 자신들이 상대해야 할 북부의 무벌은 자신들보다 더한 전귀들이라는 것을.

슈아악!

콰지직!

"크아악!"

"끄악!"

성난 들소 떼처럼 달려드는 무벌의 파괴력에 좌우 측면이 빠르게 붕괴되기 시작했다.

그 바람에 맨 뒤에서 올라오던 적들이 길목이 차단당하는 상황으로 이어지며 고립무원의 처지로 전락하고 말았다.

신무광이 이끄는 병력이 그들을 덮쳤다.

"개새끼들! 한 놈도 살려 두지 마라!"

"모조리 부숴 버려!"

우와아아!

* * *

아직 전장에 다다르지 못한 풍천과 중군.

여전히 돌덩이가 머리 위를 날아다녔지만 낙탄 지점 위쪽으로 올라선 병력은 더 이상 신경 쓰지 않았다. 다만 뒤를 따르던 병력은 피해가 속출하고 있었다.

"얼마나 남았느냐!"

"한 식경이면 다다를 것 같습니다!"

"서둘러라!"

"예!"

그때였다. 뒤쪽에서부터 전령이 달려오며 소리쳤다.

"후미가 적의 공격을 받고 있습니다! 거의 사만에 달하는 병력이 진격로가 막혀 올라오지 못하고 있습니다!"

"뭐라?"

"숲에 매복을 하고 있다가 아군이 지나가기를 기다린 것 같습니다!"

"정찰을 마쳤다고 하지 않았느냐!"

"그건……."

정찰을 마쳤다는 말은 누구도 하지 않았다. 풍천이 홀로 그렇게 판단했을 뿐이었다.

한 측근이 다급하게 외쳤다.

"지원을 할 것인지 결정을 해 주셔야 합니다!"

"여기서 병력을 뺄 순 없다. 멈추지 말고 곧장 철혈가로 진격한다!"

"예!"

풍천은 하늘을 살폈다. 비는 여전히 내리고 있었다.

하지만 그 정도는 확연히 가늘어져 있었다.

'이제 곧 우리의 시간이 시작된다. 기다려라, 이연후.'

                   *   *   *

"후우욱!"

거친 숨이 입술을 뚫고 흘러나왔다.

초전에 승기를 잡았지만 적의 저항은 예상보다 더 거셌다.

하지만 거기까지였다.

송영의 방패로 무장을 하면서 공수 양면에서 거의 완벽한 전력을 구축한 혈왕군은 동영군에게 감히 넘지 못할 장벽이나 다름없었다.

"빌어먹을! 도저히 어떻게 할 수가 없어!"

"으……."

동영의 선봉대는 빠르게 전의를 잃어 갔다.

그 틈을 적랑단이 파고들면서 전세는 급속도로 기울어져 갔다.

콰지직!

"크악!"

"으아악!"

관백을 잃은 적랑단의 분노는 하늘을 찔렀다. 비록 복수의 대상이 북해빙궁에서 동영으로 바뀌었다지만 하나의 적이라는 사실에는 변함이 없었다.

연후는 적이 몰려 있는 곳으로 방향을 틀었다. 이천의 혈왕군이 한 몸처럼 뭉쳐 그와 함께 움직였다.

연후가 노리는 것은 신무기로 무장을 한 적들이었다. 그들은 적진 가장 깊숙한 곳에서 철저히 호위를 받으며 비가 그치기를 기다리고 있었다.

"돌파 대형으로!"

"돌파 대형으로 전환하라!"

처처척!

이천의 혈왕군이 끝이 뾰족한 삼각형 형태로 진형을 변환했다.

그 선두에 연후가 포진했다.

우우웅!

방패가 혈광을 뿜어내며 울기 시작했다.

이미 그것에 수많은 동료가 죽어 가는 것을 목도한 적들은 감히 앞으로 나서지 못하고 뒤로 주춤거리며 물러섰다.

"파!"

연후가 달려드는 것을 신호로 혈왕군이 방패를 앞세워 적을 향해 짓쳐 들었다.

콰콰콱!

* * *

쐐애액!
콰콰콰쾅!
"크악!"
"으아악!"

밀물처럼 진격해 들어가는 북해빙궁.

석차가 쉴 새 없이 공격을 퍼부었지만 적의 진격을 멈추게 할 수는 없었다.

퍼퍼펑!
화르륵!

화염을 뒤집어쓴 적들이 고통에 울부짖다가 뒤에서 밀고 들어오는 동료들에 의해 무참히 죽어 나갔다.

"진격하라!"
"멈추지 마라! 진격하라!"

오늘 모든 것을 끝장내고야 말겠다는 적의 의지는 진격에 방해가 되는 아군마저 죽일 정도로 무서우리만큼 지독했다.

휘리릭!

송영이 현진의 곁으로 올라섰다.

"탄이 다 떨어졌습니다. 저도 이제 이곳에서 싸우겠습니다!"

챙!

송영이 검을 뽑았다.

현진은 그런 송영의 어깨를 말없이 다독거려 주었다.

휘리릭!

서령이 올라섰다.

"소저께서는 가주의 곁을 지키셔야 합니다."

"싸우다가 담장을 넘어가는 적이 있으면 그때 가주의 곁으로 돌아갈게요."

현진은 동방리를 돌아봤다.

동방리가 자신이 허락했다는 뜻을 담아 고개를 끄덕였다.

현진은 서령을 향해 힘주어 말했다.

"소저의 가장 중요한 임무가 무엇인지 한시도 잊으시면 안 됩니다."

"그럼요. 걱정 마요."

치르륵.

서령의 전신에서 마기가 흘러나오기 시작했다. 더불어 머리카락도 은색으로 바뀌어 갔다.

"이길 수…… 있겠죠?"

"물론입니다."

씨익.

"주군을 많이 닮아 가시는 것 같군요."

"그러고 싶습니다."

쐐애액!

파공성과 함께 암기가 날아들었다.

하지만 암기는 현진이 일으킨 흑연에 막혀 모조리 튕겨 날아갔다.

따다다당!

이미 담장 아래까지 다다른 적들이었다. 이제부터는 그야말로 피와 살이 튀는 백병전이 시작될 터였다.

"송영!"

"예, 군사!"

"지켜보고 있다가 공멸 부대로 추정되는 적들만 골라서 죽여라."

"알겠습니다."

"늦었다 싶으면 물러서야 한다. 알겠느냐?"

"예! 그러겠습니다!"

송영은 검에 공력을 끌어 담으며 어금니를 악물었다.

'녀석이 있으면 좋을 텐데…….'

* * *

서북쪽 산악 지대.

서문회를 진에 가두는 것까지는 성공을 했지만 더 이상의 공격이 불가능해졌다.

전쟁에 대비하여 새롭게 펼쳐 놓은 현진의 진은 외부에서 그 어떤 것도 들어가는 것을 용납하지 않을 정도로 강력한 위력을 지니고 있었다.

다만 육손의 독은 예외였다. 독탄은 막혔지만 육손이 만들어 낸 독은 공기를 타고 진 속으로 흘러들었다.

비록 진 때문에 비명은 들리지 않았지만 지금쯤이면 거의 대부분이 죽었을 거라 확신했다.

다만 서문회는 예외였다.

서백이 미간을 찡그리며 한참 떨어져 있는 육손을 돌아봤다.

"그자는 당연히 만독불침이겠지?"

"어쩌면요."

육손이 말을 이었다.

"더 이상 할 게 없으니 주군가로 내려가는 게 좋겠어요."

"그게 최선일까?"

서백은 내키지 않았다. 만약 서문회가 진을 파훼하고 나오면 여기 있는 세 사람만으로라도 최대한 발목을 붙

잡아 두는 것이 낫지 않을까?

"그자가 언제 진을 파훼하고 나올지는 아무도 몰라요. 차라리 그 시간에 내려가서 주군을 돕는 것이 옳은 판단일 거라 봐요."

"저도 같은 생각입니다."

박찬까지 동조하고 나서자 서백도 어쩔 수 없었다.

그는 육손을 응시하며 힘주어 말했다.

"너무 무리하지는 마라. 알았지?"

"예."

서백은 육손의 옆에 쪼그리고 앉은 괴인을 돌아봤다.

"너."

"어?"

"그 녀석, 잘 지켜 줘야 한다?"

"어. 그래."

"나중에 보자."

"예."

"나중에 봬요, 육손 님!"

서백과 박찬이 먼저 몸을 날렸다.

두 사람의 뒷모습을 지켜보던 육손이 뒤쪽으로 고개를 돌렸다.

숲이 크게 흔들리고 있었다. 뒤이어 월가와 황하수련의 무사들이 모습을 드러냈다.

육손과 괴인은 조금 더 먼 곳으로 이동했다.

잠시 후 야월과 우문적, 황태가 육손의 앞으로 다가왔다.

"너 괜찮냐?"

우문적이 큰소리로 물었다.

"예. 전 괜찮아요."

"고맙다, 육손!"

"예."

육손은 철혈가로 달려가는 세 사람과 두 세력의 무사들을 끝까지 지켜보고는 자리를 떴다.

"가자."

"어."

육손이 향한 곳은 철혈가가 아니라 북해빙궁이 있는 남쪽이었다. 워낙에 대군이었던 까닭에 뒤에서 대기하고 있는 병력이 벌판을 새카맣게 덮을 지경이었다.

"다 죽여?"

"다 못 죽여. 그러니 내가 하라고 할 때까지 꼼짝 말고 있어."

"어."

철혈가를 돌아보자 담장을 가운데 두고 이미 혈전이 벌어지고 있었다.

육손은 연후를 찾았다. 하지만 어디에도 연후는 없었다.

'다른 곳으로 가셨구나.'

육손은 갑자기 우울해졌다.

하지만 이내 마음을 다잡고는 적의 후미를 바라봤다. 혈전이 벌어지고 있는 전장과는 달리 그곳은 전쟁터가 맞나 싶을 정도로 평온하기 짝이 없었다.

육손은 그게 마음에 들지 않았다.

'너희가 이길 거라 확신하고 있어? 어림도 없지.'

"따라 와."

"어디로 가?"

"잠자코 따라오기나 해."

"어."

육손은 숲을 타고 더 남쪽으로 이동했다.

'틀림없이 보급대는 뒤쪽에 있을 거야. 그곳부터 박살 내야 해.'

얼마나 이동했을까?

예상대로 보급대가 보이기 시작했다.

끝이 보이지 않을 만큼 수많은 마차와 수레가 올라오고 있었고, 이만에 달하는 병력이 주변을 철통처럼 경계하고 있었다.

"우린 저곳을 공격할 거야. 혹시 모르니 내 옆에서 절대 떨어지면 안 돼. 알았지?"

"어."

육손의 전신이 녹연을 뿜기 시작했다.

그때였다.

사사삭!

숲 너머에서 기척이 흘러들었다.

육손은 재빨리 독연을 거뒀다. 아군인지 적인지 모르는 상황에서 다짜고짜 공격을 할 순 없었다.

스슥!

숲 뒤에서 모습을 드러내는 사람이 있었다. 청포를 걸친 젊은 무사 두 명이었다.

'……검가?'

검가의 복장이 틀림없었다.

육손은 재빨리 뒤쪽으로 물러섰다.

"멈추세요."

"엇!"

채챙!

놀란 무사들이 검을 뽑았다.

육손은 그들을 향해 더 이상 다가오지 말라는 손짓과 함께 말했다.

"철혈가의 사람입니다."

"아……."

비로소 안도하는 검가의 무사들.

육손이 물었.

"검가는 어디까지 올라왔죠?"

"지금쯤이면 반나절 안쪽까지 올라왔을 겁니다. 한데 여기서 뭘 하고 계시는지……."

육손은 대답 대신 되물었다.

"병력은 얼마나 되죠?"

"본 가와 북천의 남부군단을 포함해 대략 오만 정도입니다."

'왜 그것밖에…….'

육손은 목구멍까지 올라온 그 말을 애써 집어삼키고는 말을 이었다.

"여긴 위험하니 속히 남쪽으로 내려가세요. 가서 가주께 이곳 상황을 전하고 최대한 빨리 와 달라고 전해 주세요."

"……."

"저는 육손이라고 합니다."

"헉!"

경악성을 터트린 두 무사가 황급히 머리를 숙였다.

"독왕을 뵙습니다!"

"곧 작전이 시작되니 속히 내려가세요."

"예!"

두 무사가 숲 너머로 사라졌다.

육손은 다시 적들을 향해 시선을 돌렸다. 사라졌던 독

연이 다시 피어오르기 시작했다.

* * *

"주군! 적이 물러갑니다!"
우와아!
동영의 선봉대가 퇴각하기 시작했다. 말이 퇴각이지 그저 살기 위한 몸부림에 불과했다.
"적의 신무기를 모두 수거해서 송영에게 가져다주도록."
"알겠습니다!"
혈왕군이 적의 신무기를 챙기기 시작했다.
연후는 숨을 고르며 사방으로 도주하는 적들을 응시했다. 하지만 그들조차도 적랑단의 추격에 추풍낙엽처럼 쓰러지고 있었다.
압승이었다.
하지만 결코 기뻐할 수는 없었다. 이제 곧 풍천이 이끄는 실질적인 적의 주력이 올라올 터였다.
"신우."
"예, 주군!"
"병력을 수습하여 동문으로 올라간다."
"알겠습니다!"
뿌우웅!

나팔 소리가 울리자 도주하는 적을 추격하던 적랑단이 돌아왔다.

연후는 남쪽을 바라봤다.

저 멀리 적의 선두가 어렴풋이 보이고 있었다.

"속도를 보니 단단히 작정을 한 모양입니다."

"저 속도로 달리면 동문에 다다랐을 즈음에는 모두가 지쳐 있을 것이다."

"그것까지 계산하고 동문으로 물러서는 것입니까?"

"그래."

씨익!

신우가 이를 드러내며 웃었다.

웃음 속에는 연후를 향한 무한한 신뢰가 담겨 있었다. 주변의 모두가 그러했다.

패배를 생각한 적은 없었지만, 이렇게 압승을 거둘 것이라고는 누구도 예상하지 못했었다.

"이동한다."

"예!"

"동문으로 이동한다! 서둘러라!"

석차가 먼저 움직였다.

비 때문에 진창이 되어 버린 땅이라 이동을 하기가 매우 힘들었지만 무사들이 달려드니 제법 빠른 속도로 움직일 수 있었다.

연후는 맨 뒤에서 움직였다.

'지금쯤이면 무벌도 기습을 끝내고 동문으로 올라오고 있을 터. 그곳에서 최대한 시간을 끌어야 한다.'

여기까지는 작전대로 잘 흘러가고 있었지만 아직 변수는 남아 있었다.

'빗줄기가 더 가늘어졌군.'

그랬다. 변수는 비가 언제 그치느냐 하는 것이었다.

물론 적의 신무기 때문이었다.

우르릉!

하는 먼 곳에서 천둥이 쳤다.

하지만 하늘은 빠르게 맑아져 가고 있었다.

* * *

까가강!

콰콰콱!

"자리를 지켜라!"

"물러서지 마라!"

그야말로 혈전이었다.

한 번 실패를 맛보고 돌아갔던 북해빙궁은 새로운 돌파 전술을 들고 나왔고, 철혈가 역시 그에 대비하여 만반의 준비를 했지만 전세는 어느 한쪽으로 기울어지지 않은 채 일진일퇴를 거듭하고 있었다.

그 와중에 소수의 적이 담장을 넘어갔지만 담장 너머에서 대기하고 있던 병력에 의해 모조리 도륙이 나고 말았다.

그 한가운데에 동방리가 있었다.

치이익!

적의 피로 흥건한 그녀의 검에서 피안개가 피어올랐다. 장로원주 사마송을 비롯한 장로원의 고수들이 그녀의 주변을 철통처럼 호위하고 있었다.

"또 넘어옵니다!"

"한 놈도 더 들어가지 못하게 해야 한다!"

사마송의 창노성이 주변을 쩌렁쩌렁 울렸다. 이미 적의 피로 온몸이 붉게 물든 그의 두 눈은 여느 젊은이 못지않게 투지로 활활 타올랐다.

적들이 달려들었다.

가장 먼저 달려 나간 이는 동방리였다.

그녀의 검이 강기를 뿌리며 크게 회전했고, 선두의 거한이 그녀의 검을 후려쳤다.

꽝!

이대로 막히는가 싶었다.

하지만 이후에 일어난 변화에 거한의 목이 뎅강 잘려 날아갔다.

퍽!

"크악!"

사마송은 내심 감탄했다.

'저렇게까지 강하실 줄은 몰랐거늘…….'

잠시 넋을 놓았던 사마송은 이내 정신을 차리고는 재빨리 동방리의 곁으로 다가가 검을 휘둘렀다.

"감히 어느 안전이라고 흉측한 칼을 들이미는 것이냐!"

번쩍!

"크악!"

잘린 머리가 하늘 높이 솟구쳤다가 땅으로 떨어졌다. 사마송은 뒹구는 적의 머리를 밟으며 또 다른 적을 향해 달려들었다.

그때였다.

척!

동방리가 사마송의 팔을 잡았다.

"……!"

"위험하니 너무 앞으로 나아가지 마세요, 원주님."

동방리는 곧이어 장로원의 고수들을 향해 외쳤다.

"속히 방원진으로 전환하세요!"

"방원진으로 전환하라!"

최강의 방어진, 방원진으로 신속하게 전환하는 장로원의 고수들. 그 모습을 보며 사마송은 눈빛을 떨었다.

'이제 보니 내가 보호를 받고 있었구나. 허허허.'

* * *

송영은 무력도 출중했다. 다만 무기 제작에 주력하다 보니 대부분의 작전에 투입된 적이 없어서 사람들이 잘 모를 뿐이었다.

"올라왔어? 그럼 죽어!"

퍽!

송영의 주먹이 적의 얼굴을 강타했다.

얼굴이 수박처럼 으깨어져 버린 적은 비명과 함께 담장 아래로 추락했다.

"크아악!"

이미 송영의 전신은 피로 흥건했다.

시간이 갈수록 올라오는 적들이 많아졌고, 닥치는 대로 죽이다 보니 공력도 서서히 고갈되어 갔다.

'평소에 수련을 좀 했어야 하는 건데……'

"후악!"

거친 숨을 토한 송영.

그를 부르는 누군가가 있었다.

"송영 님!"

송영은 뒤를 돌아봤다. 혈왕군 한 명이 담장 아래에서

그를 올려다보고 있었다.
"동영의 신무기를 가져왔습니다! 주군께서 송영 님께 가져다 드리라고 하셨습니다!"
"지금은 좀……."
현진이 외쳤다.
"여긴 내게 맡기고 속히 내려가서 적의 무기를 숙지하도록 해!"
"……예."
송영은 담장 아래로 훌쩍 뛰어내렸다.
한쪽에 동영의 신무기 수십 자루가 쌓여 있었다.
"안쪽으로 옮기죠!"
"예!"
그때 담장을 뛰어넘은 적들이 송영을 향해 달려들었다. 동시에 백색 광채가 적들을 덮쳤다.
콰콱!
"크악!"
"컥!"
"빨리 숙지해서 저놈들 좀 죽여요!"
서령의 외침이 울렸다.
송영은 그녀에게 고맙다는 눈짓을 보내고는 동영의 신무기를 들고 전각 안쪽으로 달렸다.
"어떻게 되었습니까?"

"적의 선봉대는 물리쳤습니다! 이제 곧 동문으로 올라오실 겁니다!"

"주군은 무사하시죠?"

"당연한 말씀을요."

송영은 안도하며 동영의 신무기 하나를 들어 이리저리 살폈다.

'흑월, 그 양반이 있으면 좋았을 텐데…….'

* * *

서문.

그곳에서도 혈전이 벌어지고 있었다.

신휘와 일만 혈왕군, 그리고 철인족은 밀물처럼 밀려드는 적을 맞아 용맹하게 싸웠다.

신휘의 검은 여전히 자비를 몰랐고, 한이 담긴 설무진의 대도는 가차 없이 적의 머리를 쳐 냈다.

그들을 피해 올라가면 혈왕군이 기다리고 있었다. 혈왕군의 방어진은 가히 철벽이라 해도 과언이 아닐 정도로 강력함을 뽐냈다.

"빌어먹을! 방패를 도저히 어떻게 할 수가 없잖아!"

"밀어붙여!"

"와 봐! 개새끼들아!"

"모조리 짓밟아 버려!"

콰지직!

"크아악!"

"으악!"

죽이고 죽는 혈전의 장에서 은밀하게 움직이는 이들이 있었다.

북해빙궁의 무복을 걸친 철우와 흑월은 적 틈에 섞여서 함께 움직이다가 공멸 부대를 발견하면 은밀하게 죽이는 임무를 맡고 있었다.

벌써 그들의 손에 죽어 간 공멸 부대의 숫자만 이십여 명. 하지만 난전의 와중이라 누구도 그 사실을 눈치채지 못하고 있었다.

하지만 언제까지 무사할 수만은 없었다.

"적이다!"

"저놈들을 죽여라!"

뒤늦게 그들의 존재를 눈치챈 적들이 둘을 향해 맹렬하게 달려들었다.

흑월이 다급하게 외쳤다.

"빠져나가야 할 것 같소!"

"저쪽으로."

철우와 흑월은 적의 머리 위로 뛰어올라 좌측 숲으로 몸을 날렸다. 그 와중에 그들의 발아래에서 움직이던 적들의 머리가 수박처럼 터져 나갔다.

퍼퍼퍽!

잠시 후 숲으로 뛰어든 철우와 흑월은 더는 할 수 있는 게 없음을 깨닫고는 아군이 있는 곳으로 몸을 날렸다.

"후욱!"

흑월의 거친 숨에 철우가 그를 돌아봤다. 흑월의 가슴에서 피가 흘러내리고 있었다.

"견딜 수 있겠소?"

"스쳐 맞은 것이라 괜찮소."

말은 그렇게 했지만 흑월의 안색은 매우 창백했다. 호흡도 빠르게 가빠지고 있었다. 결코 미약한 상처가 아니리라.

"본 가로 돌아가서 최소한의 치료라도 받고 오도록 하시오."

"전쟁 통에 그럴 여유가 있겠소? 나는 괜찮으니 염려 마시오."

철우는 단호히 고개를 저었다.

"당신은 앞으로 해야 할 일이 많소. 하니 어서 돌아가시오."

"……그럼 조심하시오."

흑월이 동쪽으로 방향을 틀었다.

철우는 그가 안전한 곳까지 가는 것을 확인하고서야 신

휘가 있는 곳으로 몸을 날렸다.

그때였다.

파파팟!

좌측 숲 너머에서 적 두 명이 벼락같이 달려들었다.

철우는 팽이처럼 회전하며 달려드는 적들을 향해 일검을 날렸다.

퍽!

"컥!"

철우의 검이 적의 목을 꿰뚫었다.

동시에 다른 적의 검이 그의 팔을 향해 떨어져 내렸다. 철저히 계산된 합공에 철우는 검을 포기하고 뒤로 물러서야 했다.

콰직!

적의 대도가 그가 섰던 곳에 떨어졌다.

바로 그때.

퍽!

검이 적의 가슴을 뚫고 튀어나왔다.

"컥!"

외마디 신음과 함께 꼬꾸라지는 적의 뒤에서 악소가 모습을 드러냈다. 그 역시도 북해빙궁의 무복을 걸치고 있었다.

"괜찮나?"

"괜찮소."

악소는 적의 몸에서 철우의 검을 뽑아 던졌다.

휙!

"여기서 싸웠던 거요?"

"무영 형님하고 적의 공멸 부대를 죽이라는 명을 받았다. 한데 복장을 보니 너도 같은 명령을 받았나 보군."

고개를 끄덕인 철우가 주변을 살폈다.

"그 양반은 어디 있소?"

"조금 전에 발각되어 대원수가 계신 곳으로 올라갔다."

"그나저나 괜찮은 거요?"

철우는 악소의 전신을 빠르게 살폈다. 악소가 피식 웃었다.

"나는 지극히 멀쩡하니 어서 올라가자고."

* * *

동문으로 올라온 연후와 혈왕군, 적랑단은 전열을 정비하며 휴식을 취했다. 일부 혈왕군은 석차에 쓸 돌덩이를 모으기에 여념이 없었다.

연후는 남쪽에서 동문으로 이어지는 지역을 응시하며 주의를 주었다.

"적의 중군이 지나갈 때 기관을 발동하도록. 적의 선두는 무사히 지나가도록 내버려둬야 한다. 알겠나?"

"예!"

동문에도 기관이 설치되어 있었다. 다만 정문 쪽보다 공간이 더 넓어서 어느 정도의 위력을 발휘할지는 가늠할 수가 없었다.

그다음 연후는 석차가 있는 곳으로 향했다. 그곳에도 수백 개의 돌덩이가 수북하게 쌓여 있었다.

"기관이 먼저 발동한 뒤, 적의 선두가 고립되었을 때를 노려야 한다. 다시 말하지만 기관이 발동하기 전까지는 결코 공격해서는 안 된다는 것을 잊지 말도록."

"예!"

"술이라도 좀 마시도록 해."

"감사합니다!"

연후는 동문 위로 올라섰다.

'첫 공격을 잘 막아 내야 하는데…….'

다른 곳에 비해 상대적으로 동문까지 이어지는 지역이 넓어서 적의 파상공세가 예상되었다. 만약 적의 첫 공격에 피해가 커지면 이후는 장담할 수가 없었다.

그때였다.

"주군!"

무사 한 명이 달려왔다.

"무슨 일이냐?"

"월가와 황하수련이 돌아왔습니다! 주군께서 이곳에 계신다는 말을 듣고 곧장 내려오는 중입니다!"

"두 분 가주는 무사하더냐?"

"예! 두 분 다 무사하십니다!"

연후는 안도했다. 한편으로는 육손이 걱정되었다.

두 가문의 병력이 돌아왔다면 육손도 돌아오지 않았을까, 가까이 오지 못하니 어딘가에서 지켜보고 있지 않을까 하는 생각에 연후는 주변을 살폈다.

하지만 어디에도 육손은 없었다.

'영리한 녀석이니 무사하겠지.'

"적이 올라온다!"

"적이다!"

연후는 남쪽으로 시선을 돌렸다.

동영의 본대가 드디어 모습을 드러내고 있었다.

둥둥둥!

북소리가 울리자 휴식을 취하고 있던 혈왕군과 적랑단이 신속하게 전투태세를 갖춰갔다.

연후는 풍천을 찾았지만 그는 보이지 않았다.

'뒤에 포진한 건가?'

풍천이 선두에 있을 거라는 예상이 빗나가는 순간이었다.

연후는 서둘러 변경된 작전을 하달했다.

"작전을 변경한다! 기관은 적의 선두가 범위에 들어서는 즉시 발동한다!"

"예!"

"석차는 적의 선두가 기관에 빠지는 즉시, 적의 뒤쪽을 노린다!"

"알겠습니다!"

끼끼끼…….

석차가 공격을 준비했다.

한꺼번에 두 덩이를 날릴 수 있으니 도합 네 개의 돌덩이가 적을 조준하며 뒤로 휘어졌다.

"대기."

"대기!"

두두두!

연후는 적의 선두가 기관이 있는 곳에 다다를 때까지 기다렸다.

그리고 이내 적의 선두가 기관의 범위 내에 들어선 순간이었다.

"기관을 발동하라!"

"기관을 발동하라!"

쿠쿠쿵!

초지에서 흙이 마구 튀어 올랐다.

적의 선두가 무더기로 땅속으로 꼬꾸라졌다.

콰지직!

"크아악!"

"으악!"

"지금이다!"

"쏴라!"

쿠쿵!

쐐애액!

돌덩이들이 허공을 가르며 날아갔다. 돌덩이들은 정확하게 적의 선두를 넘어가 그 뒤에서 움직이던 적들을 사정없이 덮쳤다.

콰콰콱!

"우악!"

"크아악!"

기관을 생각하지 못했던 것일까?

거침없이 올라오던 적들이 한순간 갈피를 잡지 못하고 우왕좌왕했다.

그 와중에도 연사력이 뛰어난 송영의 석차는 연이어 돌덩이를 날렸다.

투퉁!

쐐애액!

연후의 곁으로 올라서는 이들이 있었다. 야월과 우문적이었다.

연후는 두 사람의 몸부터 살폈다.

"괜찮소?"

"괜찮소."

"멀쩡하오!"

야월이 적을 응시하며 미간을 좁혔다.

"끝이 보이지 않는 것을 보니 최소 십만은 될 것 같소."

"이미 꽤 많은 적들을 물리쳤으니 그 정도는 되지 않을 거요."

퉤!

"개새끼들! 모조리 골로 보내 주마."

우문적이 늑대처럼 으르렁거리고는 물었다.

"우린 뭘 하면 되겠소!"

"그냥 싸우시오."

"응?"

"적이 기관을 넘어서면 그때부터 달리 작전은 없소. 그저 닥치는 대로 죽이는 수밖에."

* * *

"태합 전하! 기관입니다!"

"뭐라?"

"선두에 나섰던 병력 대부분이 기관을 넘어서지 못한

채 고전 중입니다!"

바르르…….

풍천의 얼굴이 가는 경련을 일으켰다.

'나백, 이놈이…….'

분명 나백은 기관이 정면에만 설치되어 있다고 했었다. 그래서 공격 방향을 정할 때 동쪽을 자청했던 풍천이었다.

슈아악!

쿠쿠쿵!

"크악!"

"으아악!"

돌덩이가 멀지 않은 곳에 떨어졌다.

뒤이어 하나가 풍천이 타고 있는 마차를 향해 날아들었다.

"피하십시오!"

풍천은 마차에서 내려 옆으로 물러섰다. 천하의 풍천도 저 거대한 돌덩이를 막을 순 없는 노릇이었다.

콰앙!

우지끈!

마차는 풍천의 눈앞에서 산산조각이 나 버렸다.

팟!

풍천의 두 눈이 지독한 살광을 일으켰다.

"이것들이……."

 풍패가 이끌었던 선봉대의 궤멸과 후군 역시 적의 기습에 크게 당했다는 보고를 접한 풍천에게 더 이상 이전의 느긋함은 찾아볼 수가 없었다.

7장
최후의 전쟁(9)

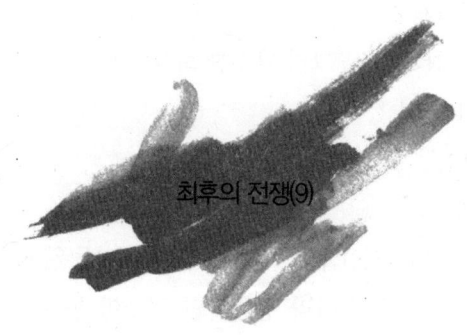

최후의 전쟁(9)

기관의 위력은 과연 대단했다.

하지만 워낙에 공간이 넓었던 탓에 적은 기관의 좌우를 통해 파상적으로 밀려들었다.

처처척!

동문 위쪽으로 무사들이 올라섰다. 그들은 하나같이 장궁에 화살을 얹은 채 연후의 명령이 떨어지기를 기다렸다.

이윽고 연후는 뒤를 돌아보며 손짓을 보냈다.

그러자 수천 발의 화살이 하늘을 새카맣게 덮으며 적을 향해 날아갔다.

쐐애액!

적들은 코웃음을 쳤다.

"흥! 화살 따위로는 어림도 없다!"

"진격하라!"

결과는 참혹했다. 그저 단순한 화살이 아니었던 것이다.

콰콰콰콰쾅!

"크아악!"

"끄악!"

폭발과 화염이 연쇄적으로 일어났다. 적들은 피를 뿌리며 쓰러졌고, 뒤를 따라 진격하던 적들이 동료와 부딪치며 쓰러지는 사태가 속출했다.

야월이 차갑게 웃었다.

"그 어떤 절경보다 아름다운 광경이군. 후후후."

쐐애애액!

콰콰콰코쾅!

두 번째 공격에 더 많은 적들이 꼬꾸라졌다.

하지만 거기까지였다. 벽력시(霹靂矢)를 만들려면 엄청난 양의 화약이 필요했기에 수량에 한계가 있었고, 이미 북해빙궁과의 첫 전투에서 상당 부분을 소비한 터였다.

연후는 야월과 우문적을 돌아봤다.

"시간을 끄는 것이 목적이니 너무 무리할 것까진 없소. 그리고 안전에 유의하시오."

"알겠소."

"크흠! 어서 때려잡으러 가십시다!"

척!

야월이 우문적의 어깨에 손을 얹었다.

"죽지 마라."

"왜 이래. 재수 없게!"

말은 거칠었지만 눈빛은 뜨거웠다. 평생을 원수처럼 살아왔던 둘의 관계는 이미 서쪽 산악 지대에서 혈전을 치른 이후부터 완전히 바뀌어 있었다.

씨익!

우문적이 이내 이를 드러내며 웃었다.

"너도 죽지 마라."

"지금 사랑을 나눌 시간은 없소."

연후의 그 말에 둘의 얼굴이 무참히 일그러졌다.

* * *

바르르……

두 번의 공격에 헤아릴 수 없을 만큼 많은 병력이 쓰러지는 것을 코앞에서 목도한 풍천의 얼굴이 경련을 일으켰다.

선두는 죽은 자들과 그들을 피해 방향을 틀려는 자들이 한데 뒤섞이며 혼란의 장으로 바뀌어 있었다.

'거센 저항은 예상했지만 설마하니 이 정도일 줄이야……'

팟!

풍천의 두 눈이 다시 살광을 머금었다.

그는 성곽처럼 늘어선 철혈가의 동문을 바라봤다. 그러다가 동문 위에 서 있는 연후를 발견하고는 살광을 폭사했다.

'이연후…….'

풍천이 뒤를 돌아보며 외쳤다.

"저격을 준비하라!"

"예!"

거대한 신무기를 든 자가 앞으로 나섰다.

그리고 두 명의 무사가 거대한 죽산을 펼쳤다. 여전히 비가 쏟아지고 있었지만, 죽산 덕분에 문제없이 신무기를 사용할 수 있었다.

무사가 신무기로 연후를 조준했다.

그리고 심지에 불을 붙이려던 그때, 연후가 전장으로 뛰어내리면서 시야에서 사라졌다.

"엇!"

무사가 외마디 당혹성을 터트리며 풍천을 응시했다.

풍천이 즉각 명령을 내렸다.

"멈춰라!"

"다른 놈이라도……."

"비가 내리는 사이엔 우리가 신무기를 사용하지 못할 거라고 생각할 터. 한 차례 사용한 뒤에는 다시 경계하기 시작할 터이니 기회는 한 번뿐이다. 그러니 놈이 시야에 들어오기 전까지는 철저히 감춰야 한다!"

"알겠습니다!"

무사는 다시 엎드리며 연후가 시야에 들어오기를 기다렸다.

그때였다.

휘이잉!

갑자기 강풍이 불어와 죽산을 뒤집어 놓았다. 그 바람에 신무기는 고스란히 빗줄기에 노출되고 말았다.

"헉!"

"이런 멍청한 놈들을 봤나! 네놈보다 더 중요한 신무기를 고장 내다니!"

퍼퍽!

"으악!"

"크악!"

한 인자가 죽산을 들었던 두 무사의 목을 가차 없이 베었다.

그가 다른 자들을 돌아봤다.

"뭘 꾸물거리는 게야! 어서 준비하지 않고!"

"예!"

"잠깐!"

풍천이 나섰다. 그는 비에 젖은 신무기를 망연자실한 표정으로 내려다보는 자를 향해 물었다.

"다시 사용할 수 있으려면 얼마나 시간이 지나야 하느냐?"

"송구하오나…… 작은 것은 몰라도 이것은 한 번 물이 들어가면 최소 이틀은 지나야 사용이 가능해집니다. 이틀 후에 또 물이 들어가면 그땐 완전히 사용 불가의 상태가 되고 맙니다."

"흠……."

풍천의 미간에 주름이 잡혔다.

그때 측근이 말했다.

"죽산을 더 붙여서 다시는 이런 일이 없도록 하겠습니다!"

"아니다!"

풍천이 고개를 저었다.

"비가 그칠 때까지 대기하도록 해."

"……예?"

"네 말처럼 이것 하나가 너희 목숨보다 소중하니 써 보지도 못하고 고장이 나는 일은 없어야 할 게 아니냐. 지금은 한 자루라도 아껴야 한다!"

"알겠습니다."

풍천은 하늘을 올려다봤다.

빗줄기는 확연히 가늘어져 있었지만 여전히 마음껏 신무기를 사용할 정도까지는 아니었다.

'빌어먹을 놈에 비가 빨리 그쳐야 할 텐데…….'

* * *

철혈가의 모처.

송영은 동영의 신무기를 파악하기 위해 집중하고 또 집중했다. 하지만 생전 처음 보는 것이라 작동법을 파악하는 것은 여간 어려운 것이 아니었다.

그때 누군가가 안으로 들어섰다. 송영을 돕던 한 혈왕군이 두 눈을 한껏 치떴다.

"흑월 님이 오셨습니다!"

"……!"

송영의 고개가 세차게 돌아갔다. 흑월이 들어서고 있었다.

안으로 들어선 흑월은 두 눈을 동그랗게 치떴다. 주변에 쌓여 있는 신무기를 본 것이다.

"이건……."

"마침 잘 왔습니다! 이거, 어떻게 사용하는 겁니까!"

송영이 벌떡 일어나 흑월에게 신무기를 불쑥 내밀며 소리쳤다.

"탄은 어디 있소?"

"이거 말입니까?"

혈왕군이 가죽주머니를 내밀었다. 그와 비슷하게 생긴 가죽주머니가 신무기 주변에 잔뜩 쌓여 있었다.

탄이 담긴 주머니로, 죽은 적들에게서 신무기를 회수할 때 함께 가져온 것이었다.

"줘 보시오."

흑월이 신무기를 들고 쪼그려 앉았다. 그러다가 신음과 함께 한 차례 휘청거렸다.

"다쳤습니까?"

"깊은 상처가 아니니 괜찮소. 잘 보시오."

흑월은 신무기의 작동법을 설명하기 시작했다. 설명은 짧았고, 송영은 어이가 없다는 표정을 지었다.

"이렇게 간단한 것이었다니……."

"사람들을 더 불러오시오."

"사람들은 왜……."

"물기를 완전히 제거해야 사용할 수 있소."

"아!"

혈왕군이 난감한 표정으로 말했다.

"이 난리에 누구를 데려옵니까?"

"……!"

"우리가 할 수밖에. 가서 천을 있는 대로 다 가져오시오."

"알겠습니다!"

찌이익!

흑월은 장포를 찢었다. 그리고 송영에게 건넸다.

"여기를 좀 묶어 주겠소?"

"예."

송영은 환부를 동여매며 물었다.

"서쪽은 어떻게 되어 가고 있습니까?"

"다행히 적의 공멸 부대를 꽤 많이 제거했소. 그다음은 나도 모르겠소."

"병력의 차이가 많이 났습니까?"

"거의 두 배는 되는 것 같았소. 그리고 공멸 부대도 완전히 제거한 건 아니오."

"뭐, 그렇다 해도 두 배면 걱정할 것도 없겠네요."

"……."

흑월이 이상한 눈으로 송영을 응시했다.

송영이 히죽 웃으며 말을 이었다.

"대원수께서 계신데 고작 두 배로 되겠습니까?"

* * *

콰쾅!

강력한 폭발과 함께 아군과 적이 피를 뿌리며 쓰러졌다.

신휘는 호신강기를 일으켜 파편을 막아 냈다.

따다다당!

곳곳에서 폭발이 이어졌다. 적의 공멸 부대에 의한 피해는 갈수록 커졌고, 적은 더욱더 사납게 밀려들었다.

콰지직!

"크악!"

"끄아악!"

전방에서 적들이 마구 쓰러졌다. 뒤이어 철우와 악소가 신휘를 향해 다가왔다.

"왜 너희들만 오는 것이냐!"

"흑월은 부상 치료를 위해 주군가로 돌아갔고, 무영 형님은 먼저 대원수께 갔는데……."

"저기 계십니다."

흑월이 우측을 가리켰다. 백무영이 그곳에서 적에게 맹공을 퍼붓고 있었다.

신휘는 비로소 안도했다.

"죽도록 싸워 봐."

"예!"

지난 전투보다 더한 혈전이었다.

한 번 패하고 돌아갔던 북해빙궁은 난공불락처럼 견고한 혈왕군의 방어진을 깨트리기 위해 총력을 다했다.

그 결과, 상당한 전과를 낼 수 있었다. 제아무리 혈왕군이라 할지라도 피해도 점차 늘어날 수밖에 없었던 것이다.

하지만 여전히 그들은 견고했고 강력했다. 하나가 죽으면 셋을 죽이는 식으로 사력을 다해 적에 맞섰다.

"으……."

한 북해빙궁의 수뇌가 치를 떨었다.

나름대로 혈왕군의 방어진을 깨트릴 비책을 갖고 왔건만 시간이 지날수록 늘어나는 것은 아군의 시신이었다.

더 심각한 것은 공멸 부대를 대부분 소진했다는 점이었다.

"공멸 부대는 어디서 무얼 하고 있길래 보이질 않는 것이냐!"

그는 모르고 있었다. 철우와 악소 등이 자신들 틈에 섞여서 공멸 부대를 상당수 제거했다는 것을.

* * *

"대원수! 적의 공멸 부대를 대부분 제거한 것 같습니다!"

신휘의 눈빛이 차갑게 내려앉았다. 뒤이어 핏빛 살광이 동공을 가득 채우며 올라왔다.

"공세로 전환한다."

"혈왕군! 공격진으로 전환하라!"

"공격진으로!"

처처처척!

지금껏 수십 개의 방원진으로 적에 맞섰던 혈왕군이 공격진으로 신속하게 변화해 나갔다.

"철우."

"예, 대원수."

"너는 주군께 돌아가라."

"……."

"어서."

"알겠습니다."

철우는 그대로 전장을 빠져나갔다.

치르륵.

신휘의 검이 핏빛 강기를 뿜어내기 시작했다. 방어를 할 때와는 차원이 다른 강력한 기운이 바람을 타고 퍼져나갔다.

"혈왕군! 공격하라!"

우와아아!

* * *

담장을 넘어서는 적들이 많아졌다.

그렇다고 방어선이 뚫린 것은 아니었다. 다만 워낙에 많은 적들이 한꺼번에 들이치는 바람에 모두를 다 막는다는 것은 불가능에 가까웠다.

"담장 가까이로 이동하세요!"

동방리의 외침에 방원진을 형성한 채 적과 싸우던 철혈가의 무사들이 빠르게 앞으로 나아갔다.

"원주님은 이곳에서 저희가 놓치는 적들을 막아 주세요!"
"그리하리다!"
사마송과 장로원의 고수들은 뒤에 남았다.
"죽엇!"
"모조리 부숴 버려!"
적들이 성난 늑대 떼처럼 달려들었다.
동방리의 검이 섬광을 뿌렸다.
까가각!
"크악!"
"크억!"
적 두 명이 머리가 잘려 날아갔다.
"간격을 좁히세요!"
철혈가의 무사들이 간격을 촘촘하게 가져갔다.
그러자 담장을 넘어선 적들이 혼란에 빠져들었다. 마치 기다렸다는 듯 진형을 바꾸며 공격을 해 오니 제대로 된 대처를 할 겨를조차 없었던 것이다.
콰지직!
"크악!"
"으아악!"
그 와중에 더 깊숙한 곳으로 뛰어드는 적들이 있었다.
모두가 손에 맹화유가 담긴 호리병을 들고 있었다.
"한 놈도 들어가게 해서는 안 된다!"

"막아라!"

사마송의 창노성이 전장을 쩌렁쩌렁 울렸다.

장로원의 고수들도 간격을 유지한 채 달려드는 적들을 막았다.

까가강!

콰콰콱!

펑!

전각 곳곳에서 화염이 치솟았다. 용케도 저지선을 넘어선 적들이 호리병을 던지기 시작한 것이다.

사마송의 노안이 붉게 물들었다.

"감히!"

쐐애액!

그의 검이 한 적의 등을 수직으로 갈랐다. 상체가 좌우로 갈라지는 참혹한 죽음을 맞은 자의 손에서 호리병이 터졌다.

쾅!

"……!"

사마송은 재빨리 호신강기를 일으키며 뒤로 물러섰다. 간발의 차이로 화염을 뒤집어쓰는 것을 모면한 사마송은 또 다른 적을 향해 달려들었다.

그때였다. 뒤에서 사마송을 덮치는 자들이 있었다.

마치 사마송의 움직임을 계산하고 있었다는 듯 둘의 합

공은 도저히 피할 수 없을 만큼 정교하면서도 치명적이었다.

"원주님!"

곳곳에서 다급성이 터졌다.

찰나의 순간, 사마송의 두 눈이 세차게 흔들렸다.

'주군과 더 오랫동안 함께하고 싶었거늘…….'

* * *

"원주님!"

장로원의 고수들이 달려들었다.

하지만 그들이 할 수 있는 것은 없었다.

그때였다. 사마송의 등 뒤에서 한 줄기 빛이 일었다.

빛은 사마송을 향해 달려들던 적의 머리를 날려 버렸고, 뒤이어 검 한 자루가 날아와 또 다른 적의 가슴을 꿰뚫었다.

퍽!

"커억!"

"조심하십시오."

"……!"

사마송은 뒤를 돌아봤다. 어느새 뒤에 철우가 장승처럼 우뚝 서 있었다.

"서문 전투는 어찌 되었는가!"

절체절명의 위기를 모면했음에도 사마송은 그것부터 물었다. 철우가 흐릿하게 웃으며 대답했다.

"승기를 잡아 가고 있습니다."

"대원수께서는 무사하신가!"

"예. 건재하십니다."

철우는 적의 몸을 꿰뚫은 검을 뽑았다. 그러고는 사마송을 향해 머리를 숙였다.

"저는 주군께 가 보겠습니다."

"주군을 잘 보필하시게!"

"알겠습니다."

까가강!

콰지직!

"우악!"

"크아악!"

철우는 단말마가 터진 곳을 돌아봤다. 동방리가 막 적을 쓰러뜨리고는 그가 있는 곳을 응시했다.

"어서 가서 주군을 도와 드리세요!"

"예. 그럼."

쾅!

땅을 박차고 뛰어오른 철우는 곧장 동문이 있는 곳을 향해 내달렸다.

그 모습을 지켜보는 눈동자가 있었다. 서령이었다.

"멀쩡해 보여서 다행이네."

서령은 이내 동방리가 있는 곳을 돌아봤다.

피식.

"걱정할 사람이 따로 있지."

그때였다. 대전각 뒤쪽에서 누군가 동문으로 황급히 달려가는 것이 보였다.

송영과 흑월, 그리고 두 명의 혈왕군이었다.

'뭐지? 뭘 저렇게 잔뜩 들고 가는 거야? 저 사람은 또 이리로 오네?'

흑월과 혈왕군 두 명이 방향을 틀어 담장 쪽으로 달려오고 있었다. 역시 품에 뭔가를 잔뜩 안고 있었다.

꽝!

"……!"

폭음과 함께 서령의 머리카락이 휘날렸다.

돌아본 그녀의 두 눈에 머리가 사라진 적이 추락하는 것이 보였다.

"집중하시오!"

현진의 호통이 이어졌다.

서령은 그를 향해 씩 웃어 주고는 소수마공을 일으켰다. 막 담장 위로 뛰어오르던 적이 하필이면 그녀의 정면으로 내려서다가 머리가 날아갔다.

퍽!

동시에 현진의 암흑마연이 뒤를 따라 뛰어오르던 적들을 덮쳤다.

짜자작!

"크아악!"

"끄악!"

"잠시 뒤로 물러나서 숨이라도 좀 돌리시죠?"

"그럴 여유가 없소."

현진의 암흑마연이 다시 적들을 쓸었고, 서령의 소수마공도 가차 없이 적의 머리를 형체도 없이 날려 버렸다.

서령은 좌우를 돌아봤다.

거의 모든 곳에서 혈전이 벌어지고 있었다. 점점 담장 위로 올라서는 적의 수가 늘어나면서 피해도 속출했다.

한 곳은 교대를 하는 틈을 타고 달려든 적들에 의해 공간을 내주는 사태까지 벌어지고 있었다.

하지만 뒤에서 대기하다고 황급히 올라선 무사들이 제압하면서 위기를 모면했다.

'너무 많아…….'

서령은 크게 심호흡을 했다. 제아무리 절대마공이라는 소수마공을 익혔다지만 그녀 역시 피와 살로 이루어진 인간이었기에 서서히 지쳐 가고 있었다.

그에 반해 적은 여전히 보이지 않는 곳까지 새카맣게

채운 채 끊임없이 밀려들고 있었다.

그런 그녀의 곁으로 뛰어오르는 이들이 있었다. 서백과 박찬이었다.

서백이 외쳤다.

"바람의 방향이 바뀌었으니 어서 독을 쓰시오!"

"예!"

박찬이 품속에서 독탄 두 개를 꺼내 적들을 향해 던졌다.

펑펑!

"크아악!"

"끄아악!"

독연이 휩쓸고 간 곳에서 적들이 피를 쏟으며 꼬꾸라지기 시작했다.

바람까지 강하게 불어 줘서 살상 거리는 확연히 늘었고, 그로 인해 효과는 배가되었다.

하지만 그게 다라는 것이 문제였다.

서령이 눈을 동그랗게 치뜨며 물었다.

"더 없어요?"

"이게…… 다입니다."

"좀 많이 갖고 오지 않고!"

"서쪽 산악 지대에서 대부분 소진하는 바람에……. 죄송합니다."

"그렇다고 죄송할 것까지야……. 숙여요!"

"……!"

박찬이 재빨리 몸을 숙였다. 동시에 서령의 소수가 박찬을 덮치려던 적의 가슴을 꿰뚫었다.

퍽!

"크악!"

박찬이 재빨리 검을 뽑았다.

화살이 다 떨어진 서백도 검을 뽑아서는 서령의 옆에 섰다.

그때 한 사람이 더 올라섰다. 황태였다.

서백이 눈을 동그랗게 치떴다.

"동문으로 가신 거 아니었습니까?"

"거긴 주군이 계시니 이곳을 도와야지."

철컥!

황태는 검을 거두고는 바닥에 떨어져 있던 북해빙궁의 대도를 주워 들었다.

"도살을 하기에는 이게 더 낫겠군."

"최대한 많이 죽여 주세요."

서령이 웃었다.

이런 상황에서 황태는 천군만마처럼 든든한 존재였다. 황태도 씩 웃었다.

"걱정 마시오. 그게 내 전문이니까."

* * *

 몇 번의 전쟁을 치렀지만 이처럼 치열한 전투는 처음이었다.

 특히 많은 체력 소모를 요구하는 석차 부대의 무사들은 전투가 길어질수록 힘겨울 수밖에 없었다.

 그 와중에 석차 중 하나가 부하를 견디지 못해 기능을 상실했고, 돌덩이를 쉴 새 없이 나르던 무사들의 손바닥은 찢어져 피가 흥건했다.

 하지만 그들은 결코 고통을 내색하지 않은 채 계속해서 돌을 나르며 공격을 퍼부었다.

 "더 밀어붙여라!"

 "곧 비가 그친다! 공격을 멈추지 마라!"

 철혈가의 방어선은 견고했다.

 황하수련과 월가까지 합세하면서 수적 열세를 어느 정도 만회했고, 기습 작전을 성공리에 마치고 돌아온 북부의 무벌이 뒤를 치고 들어오면서 적은 온전히 동문에 전력을 집중할 수 없는 상황으로 이어지고 있었다.

 위이잉!

 연이어 혈마번을 날린 연후는 숨을 고르며 하늘을 바라봤다.

 먹구름이 밀려가고 태양이 떠오르고 있었다. 빗줄기도

곧 있으면 그칠 것처럼 보였다.

"적랑단을 뒤로 물려라."

"예!"

무사 하나가 거대한 깃발을 좌우로 흔들었다.

그러자 적랑단이 포진한 곳에서 호각성이 울리더니 일제히 뒤로 빠지기 시작했다. 혈왕군도 동문과 최대한 가까운 곳까지 물러서서 방어진을 형성했다.

연후는 좌우를 향해 지시를 내렸다.

"비가 그치면 적이 신무기로 공격을 해 올 것이니 다들 방패를 준비하시오."

"알겠소."

"호신강기로 막을 수 있지 않겠소?"

우문적이 물었다.

연후는 고개를 저었다.

"작은 것은 모르나 큰 것은 절대고수의 호신강기조차 무용지물로 만들어 버리는 것을 확인했소. 적은 아군의 수뇌들을 집중적으로 노릴 것이오. 소리가 들리면 이미 늦은 것이니 집중하도록 하시오."

"크흠! 알겠소!"

야월과 우문적이 방패를 앞으로 내세웠다.

그때였다.

"주군!"

뒤에서 송영이 달려왔다.

"사용법을 알아냈습니다!"

"당장 사용이 가능한가?"

"예! 비만 그치면 사용 가능합니다! 다만 인원이 더 필요합니다!"

"필요한 만큼 보충하도록 해."

"예!"

연후는 다시 전장으로 시선을 돌렸다.

막 담장 위로 뛰어오르던 적들이 야월과 우문적의 공격에 피를 뿌리며 꼬꾸라졌다.

그때였다. 연후는 적진에서 일어나는 수많은 불꽃을 보았다.

"방패!"

방패를 든 모든 이들이 재빨리 몸을 움츠렸다.

따다다다당!

"우악!"

"큭!"

열 명가량의 무사들이 담장 아래로 추락했다. 방패를 지니지 못한 그들은 담장의 턱을 엄폐물 삼아 바짝 몸을 낮췄지만 불행하게도 반응이 늦었던 것이다.

우문적이 혀를 내둘렀다.

"환장하겠네!"

연후는 석차가 있는 곳을 돌아보며 외쳤다.
"낙탄 지점을 우측으로 백 보가량 조정한다!"
"예!"
콰콰콰콰쾅!
퍼퍼퍼퍽!
또다시 공격이 이어졌고, 이번에도 꽤 많은 무사들이 쓰러졌다.
그때 송영과 무사들이 담장 위로 올라섰다.
모두가 동영의 신무기를 들고 있었는데, 이인이 한 조가 되어 바닥에 납작 엎드렸다.
송영이 외쳤다.
"그냥 적진을 향해 당기면 됩니다!"
타타타타타탕!
신무기가 일제히 불을 뿜었다.
사용법을 불과 조금 전에 익혔지만 워낙에 가까운 데다가 대군이 몰려 있어서 숙련도와는 상관이 없었다.
퍼퍼퍽!
"크악!"
"으아악!"
곳곳에서 적들이 꼬꾸라졌다.
"최대한 빨리 탄이 소진될 때까지 쏘세요!"
타타타타탕!

무사들을 지휘하던 송영이 바닥에 잠시 놓아 두었던 거대한 신무기를 들고 엎드렸다. 무사 한 명이 그 옆에 엎드려 심지에 불을 붙였다.
 심지가 타들어 가는 동안에 송영은 적진을 살폈다. 그러다가 다른 적들과 복장부터가 다른 마상의 한 인물을 발견하고는 거침없이 손가락을 당겼다.
 쾅!
 퍽!
 명중이었다.
 "좋았어!"
 "송영."
 "예?"
 "너는 적의 수뇌만 노려라."
 "안 그래도 그럴 생각이었습니다!"

　　　　　　　　＊　＊　＊

 비가 그치자 풍천의 얼굴에 미소가 감돌았다.
 "이제부터 제대로 지옥을 맛보여 주마."
 신무기가 화력을 뽐내기 시작했다.
 풍천은 속속 쓰러지는 담장 위의 적들을 응시하며 소리 내어 웃었다.

"으하하하!"

풍천의 측근이 거대한 신무기를 든 자들을 향해 외쳤다.

"이연후를 찾아라! 놈을 발견하면 집중포화를 퍼부어야 할 것이다!"

"예!"

한 부대의 공격이 혈왕군을 향했다.

풍천은 뒤를 이을 광경을 떠올리며 흡족하게 웃었다.

하지만 결과는 그의 예상을 철저히 빗나갔다. 쓰러지는 혈왕군은 단 한 명도 없었다.

"……!"

측근이 당혹스럽게 외쳤다.

"탄이 방패를 뚫지 못하는 것 같습니다!"

"다시 쏴라!"

"쏴라!"

콰콰콰콰콰쾅!

수백 정의 신무기가 일제히 불을 뿜었다. 하지만 이번에도 결과는 마찬가지였다.

바르르…….

풍천의 얼굴이 붉게 달아올랐다.

가장 강력한 전력인 혈왕군을 무너뜨리지 못하면 문제가 심각해질 수도 있었다.

"적의 기병이 뒤로 물러갔습니다! 아무래도 적들이 아

군의 신무기에 대비해 준비를 철저히 한 것 같습니다!"

그때였다. 돌연 철혈가의 동문에서 수십 개의 작은 불꽃이 일었다. 뒤이어 곳곳에서 아군이 쓰러졌다.

"저건……."

풍천이 두 눈을 치켜뜰 때, 가까운 곳에서 전마에 올라 병력을 지휘하던 부대장의 머리가 퍽 하고 날아갔다. 거의 동시에 쾅 하는 소음이 울렸다.

눈앞에서 벌어진 이 광경이 무엇을 의미하는지 모를 리 없는 풍천이었다.

"대체 이게……."

퍽!

"우악!"

풍천의 옆에 서 있던 한 중년인이 피를 뿌리며 꼬꾸라졌다.

한 측근이 다급하게 외쳤다.

"속히 몸을 숙이십시오!"

뒤이어 호위 병력이 풍천의 앞을 막아섰다.

풍천은 한껏 몸을 숙인 채로 눈빛을 떨었다.

'저놈들이 어떻게…….'

* * *

연후는 풍천을 에워싸는 적들을 응시하며 아쉬움을 금치 못했다. 간발의 차이로 빗나간 것을 본 것이다.

"송영! 탄을 아껴라!"

"예!"

"그런데 왜 이것밖에 갖고 오지 않은 것이냐?"

"절반은 흑월 님이 정문으로 가져갔습니다!"

그 말에 연후는 고개를 끄덕였다. 나쁘지 않은 판단이었기 때문이다.

쿠쿵!

돌덩이 두 개가 머리를 넘어 적진을 향해 날아갔다.

연후는 조정한 낙탄 지점을 바라봤다. 돌덩이는 정확하게 그곳에 떨어졌다.

콰콱!

"크악!"

"끄악!"

돌덩이가 떨어진 곳은 신무기로 무장을 한 적들이 모여 있는 곳이었다.

연후는 황급히 뒤로 물러서는 적들을 응시하며 눈빛을 가라앉혔다.

'이제 작은 것들은 여기까지 사정거리가 미치지 못한다.'

연후는 뒤를 돌아봤다. 수천 명의 무사가 시위에 화살

을 없은 채 그의 명령이 떨어지기만을 기다리고 있었다.

"공격한다."

"공격하라!"

쐐애애액!

수천 발의 화살이 적들을 향해 날아갔다. 평소라면 딱히 위협적이지 못할 테지만 지금은 얘기가 달랐다.

"우악!"

"크아악!"

뒤에서 밀고 들어오던 적들이 고슴도치가 되어 꼬꾸라졌다.

연후는 야월과 우문적을 돌아봤다.

"다시 내려가야겠소."

"알겠소."

"방패를 소홀히 하지 마시오."

파파팟!

셋은 다시 전장으로 뛰어내렸다. 잠시 뒤로 물러나서 방어에 집중했던 혈왕군도 다시 공세를 취하기 시작했다.

"대갈통을 내놔!"

우문적이 맹위를 떨쳤다.

한 번 불타오르면 누구도 막지 못한다는 그의 파괴력은 전장에서 연후만큼이나 공포의 대상이었다.

* * *

두두두!

한 기의 인마가 질풍처럼 달려왔다.

"보급대가 적의 공격을 받고 있습니다!"

"뭣이!"

풍천의 측근이 두 눈을 부릅떴다.

"적의 지원 병력이 벌써 올라온 것이냐!"

"우선 보고를 드려야 할 듯하여 급히 달려오는 길이라 아직 그 부분까지는 확인하지 못했습니다!"

측근이 풍천을 돌아봤다.

"만약 적의 지원 병력이 도착한 것이라면 문제가 심각해질 수 있습니다!"

"호들갑 떨 거 없다. 지난 정탐에 따르면 놈들이 이곳까지 도달하려면 하루는 족히 더 걸릴 거다. 보나 마나 별동대를 꾸려 기습을 한 것일 터. 현혹되지 말고 눈앞의 전투에 집중해라!"

"하지만 보급대가 궤멸되면······."

"어리석은······. 철혈가에 먹을 것이 없겠느냐? 여기서 병력을 뺐다가는 만사를 그르칠 수도 있으니 보급대를 호위하는 병력을 믿어 볼 수밖에."

"정말 괜찮겠습니까?"

싸아아……

"똑같은 말을 더 할까?"

"……!"

측근이 땅에 납작 엎드렸다.

"죽여 주십시오!"

매섭게 측근을 노려본 풍천이 시선을 돌려 동영의 최정예로 구성된 자신의 직할 부대를 바라봤다.

이연후를 비롯한 최고수들을 상대할 때 써먹기 위해 지금까지 이들의 전력을 온존해 두고 있었지만, 이제는 수단을 아낄 때가 아니었다.

"작전을 바꿨다."

"하명하십시오."

"전장을 우회하여 철혈가로 가거라. 가서 놈들의 내부를 흔들어 줘야겠다."

"존명!"

녹포인들이 대열에서 빠져나갔다.

퍽!

멀지 않은 곳에서 또 한 명의 부대장이 머리가 날아간 채로 꼬꾸라졌다.

풍천의 눈빛이 가늘게 흔들렸다.

'아군의 신무기가 아군을 죽일 줄이야.'

* * *

"크아악!"

"끄아악!"

목을 움켜쥐며 피를 토하는 자들, 그리고 화염에 휩싸인 마차와 수레들.

"이제 주군을 도우러 가야 해."

"어디로 가?"

"따라와."

"어."

육손은 크게 숨을 들이켜고는 숲으로 뛰어들었다.

적들은 멀어지는 육손을 보고서도 감히 뒤를 쫓을 엄두조차 내지 못했다.

"그냥 내버려둡니까?"

"너도 보았지 않느냐. 십 장 안쪽까지 다가가면 모조리 피를 쏟아 내며 죽는데 무슨 수로 잡는단 말이냐!"

"하지만……."

"우리의 임무는 보급이다! 불이 붙은 마차와 수레는 포기하고 속히 올라간다!"

"예!"

호위대의 장은 치를 떨었다.

'말로만 들었던 독인이 이토록 무시무시하다니…….'

난데없이 뛰어든 육손을 보았을 때 처음엔 코웃음을 쳤던 그였다.

 하지만 곧 악몽이 시작되었다.

 십 장 안쪽으로 접근한 모두가 피를 토하며 죽었다. 암기도 활도 통하지 않았다. 또한 신무기를 지닌 병력이 한 명도 없었기에 그저 죽어 가는 수하들을 지켜볼 수밖에 없었다.

 그로서는 평생에 경험하지 못한 지독한 악몽이었다.

 그는 화염에 휩싸인 수많은 마차와 수레를 돌아보며 어금니를 악물었다.

 으드득!

 "빌어먹을……."

* * *

 육손은 전속으로 달렸다.

 괴인이 그 뒤를 바짝 따라붙었다.

 저 멀리서 들려오는 폭음과 처절한 단말마들이 귓속을 마구 헤집어 놓았다.

 '용서 못해.'

 꽈악!

 치아가 파고든 입술이 파랗게 질려 갔다.

그렇게 얼마나 달렸을까?

저 멀리 적이 보이기 시작했다. 육손은 숲을 타고 최대한 동문과 가까운 곳으로 향했다.

그때였다.

'뭐지?'

숲을 타고 올라가는 자들이 있었다.

대략 삼백여 명쯤 될까? 하나같이 짙은 녹포에 기괴한 병기를 지닌 자들이었다.

'저쪽으로 우회하면…….'

육손은 녹포인들이 철혈가를 노린다는 것을 직감했다.

순간 갈등이 일었다.

저들을 쫓아가느냐, 아니면 전투를 돕느냐.

육손은 전자를 택했다.

'느낌이 좋지 않은 자들이야. 만약 저들이 주군가로 침투하면 문제가 심각해질지도 몰라.'

팟!

육손은 방향을 틀어 녹포인들을 쫓기 시작했다. 가까운 곳에서 치열한 전투가 벌어지고 있어서 달리 기척을 감추거나 소리를 죽일 필요는 없었다.

육손은 한참 뒤를 쫓다가 우측을 돌아봤다. 숲 너머로 적들을 향해 맹공을 퍼붓고 있는 연후가 얼핏 보였다.

파르르…….

'주군…….'

눈가가 붉어지더니 눈물이 흘렀다.

하지만 육손은 이를 악물고는 녹포인들을 쫓았다. 거리는 점점 좁혀졌다.

그리고 조금 더 달렸을 때, 후미가 사정권에 들어왔다.

"가서 죽여!"

"어!"

쾅!

괴인이 먼저 뛰쳐나갔다.

동시에 육손의 두 손이 일으킨 독연이 녹포인들의 뒤를 덮쳤다.

"엇!"

"뒤에 적이다!"

괴인을 발견한 녹포인이 가장 먼저 목을 움켜쥐며 휘청거렸다.

"컥!"

"크억!"

"독이다! 독연이다!"

"뭣이!"

한순간 혼란에 빠진 녹포인들을 향해 괴인이 떨어져 내렸다.

"대갈통을 내놔."

퍽!

"크악!"

"너도 내놔."

퍼석!

앞서 달려가던 녹포인들 중 일부가 되돌아왔다. 그들은 괴인을 향해 맹공을 퍼부었다.

꽈과광!

셋의 합공에 괴인이 뒤로 밀렸다. 괴인의 무력을 감안하면 놀라운 결과였다.

하지만 괴인은 그들이 한 번도 경험하지 못한, 그야말로 괴물이었다.

"키키키!"

퍽!

"크악!"

괴인의 우수가 녹포인의 목을 비틀었다. 동시에 좌수는 다른 녹포인의 가슴을 꿰뚫었다.

쾅!

괴인의 등을 후려친 녹포인이 자신의 검을 내려다보며 경악했다.

"이럴 수가……."

퍽!

육손의 환술이 녹포인의 머리를 날려 버렸다.

뒤이어 독연이 날아갔고, 또다시 열 명에 가까운 녹포인이 피를 토하며 쓰러졌다.

"독인이다!"

"뒤에 독인이 나타났습니다!"

비로소 육손의 정체를 파악한 녹포인들. 하지만 선두에서 달리던 자들은 무시하고 달렸다.

누군가가 외쳤다.

"전속으로 달려서 철혈가로 들어가야 한다! 하면 놈도 따라오지 못할 것이다!"

찰나의 순간에 내린 가장 현명한 결정이었다.

쐐애액!

수십 개의 암기가 날아들었다.

따다다당!

괴인이 육손을 앞을 막아서면서 암기를 쳐 냈다. 그런데 기괴한 현상이 일어났다.

퍼퍼펑!

암기가 갑자기 작은 폭발을 일으켰다.

뒤이어 괴인의 몸에서 무수히 많은 작은 불꽃이 일어났다.

따다다당!

"불이다."

괴인이 장포가 불길에 휩싸였다.

육손이 재빨리 음공을 이용해 불꽃을 제거해 주지 않았

더라면 머리카락까지 타 버렸을 터였다.

'하나같이 느낌이 좋지 않은 자들이다! 저들이 주군가 내부로 침투하면 문제가 심각해질 수도 있어!'

육손은 초조했다.

이미 선두는 따라잡을 수 없을 만큼 격차가 벌어지고 있었다. 그들은 뒤쪽 상황은 안중에도 없다는 듯 오직 철혈가가 있는 곳을 향해 달릴 뿐이었다.

'막아야 해!'

화아악!

육손의 전신에서 강력한 마기가 뿜어졌다.

공력을 최대치로 끌어올렸을 때 나타나는 현상으로 그 기세가 실로 어마어마했다. 만약 괴인이 사람이었다면 그 마기를 견디지 못했을 것이었다.

"따라와!"

"어."

쾅!

땅을 박차고 뛰어오른 육손은 녹포인들을 향해 독연을 연속적으로 날리면서 그들의 좌측을 지나쳐 철혈가로 달렸다.

퍼펑!

두 발의 독연이 폭음과 함께 터졌다. 거의 동시에 수십 개의 암기가 육손을 향해 날아들었다.

이미 암기의 위력을 알고 있었던 육손은 쳐 내지 않고 더 높은 곳으로 뛰어오르면서 모조리 피했다.

쐐애액!

퍼퍼퍽!

콰콰콰쾅!

암기가 박혀 든 곳에서 불꽃이 마구 치솟았다.

* * *

콰아앙!

강력한 폭발과 함께 철혈가의 무사 몇 명이 피를 뿌리며 날아갔다.

"으악!"

"크윽!"

적의 공멸 부대 두 명이 담장 위에서 자폭을 한 것이다.

폭발의 여파는 조금 떨어진 곳에서 싸우고 있었던 서백과 박찬에게까지 전해졌다.

"환장하겠네. 뭐가 저렇게 강력해!"

서백의 낯빛이 하얗게 변했다.

폭발이 얼마나 강력했는지 찢겨 나간 살점이 그의 얼굴까지 날아왔다.

그런 서백의 아래에 흑월이 바짝 엎드려 있었다. 그의

손에는 동영의 거대한 신무기가 들려 있었고, 신무기는 누군가를 향해 서서히 움직이고 있었다.

적의 공멸 부대만 노리시오.

흑월이 가져온 동영의 신무기를 보고 현진이 내린 명령이었다.

'저놈이다!'

쾅!

신무기가 불을 뿜었다.

날아간 탄은 정확하게 한 흑인의 머리를 수박을 터트리듯 날려 버렸다.

콰아앙!

적 한복판에서 폭발이 일어나며 수십 명의 적이 떼죽음을 당하는 결과로 이어졌다.

'좋았어!'

흑월은 무기를 내려놓았다.

그를 돕는 혈왕군이 미리 장전되어 있는 다른 신무기를 그에게 건넸고, 흑월은 다시 공멸 부대를 찾아 신무기를 겨냥했다.

그때였다. 그가 있는 곳으로 공멸 부대 한 명이 솟구쳐 올랐다.

"……!"

이대로라면 목숨을 내놓을 수도 있다는 위기감에 흑월이 신무기를 내려놓고 검을 잡아 가려 할 때였다.

"끝까지 싸워 주십시오!"

흑월을 돕고 있었던 혈왕군이 적을 향해 달려들었다. 뒤이어 두 손으로 적의 허리를 휘감고는 그대로 담장 아래로 추락했다.

뒤이어 담장 아래에서 강력한 폭발이 일어났다.

콰아앙!

흑월의 두 눈이 붉게 충혈되었다.

"어서 신무기를 잡으세요!"

서백이 외쳤다.

꽈악!

치아가 파고든 흑월의 입술이 파랗게 질려 갔다.

철컥!

그의 손에 다시 신무기가 쥐어졌다.

"개새끼들……."

* * *

한나절이 더 흘렀다.

하지만 여전히 철혈가는 굳건했다.

북해빙궁은 철혈가의 정문조차 돌파하지 못했고, 동영 역시 동문을 넘어서지 못한 채 혈전을 이어 가고 있었다.

이미 중원 곳곳에서 출발한 지원군이 목전에 도달해 있는 상황.

시간은 철혈가의 편이었고, 나백과 풍천은 서서히 초조해지기 시작했다.

특히 북해빙궁은 비장의 수로 준비하였던 공멸 부대를 대부분 소진한 탓에 더욱 초조할 수밖에 없었다. 이제 그들이 강구할 수 있는 수단이라곤 인해전술뿐이었다.

그러나 그것은 양날의 검이었다. 만약 실패한다면 가뜩이나 무리하여 전쟁을 일으킨 상황에서 더는 이후를 도모한다는 건 사실상 불가능했다.

누구보다 그것을 두려워하는 이는 바로 나백이었다.

"풍천! 이 멍청한 놈은 대체 뭘 하고 있단 말이냐!"

나백의 노호성이 주변을 쩌렁쩌렁 울렸다.

자신이 동영을 정보조차 없는 동쪽으로 올라가게 해 놓고도 오히려 그는 풍천을 탓하고 있었다.

챙!

나백이 검을 뽑았다.

인내심이 바닥이 나 버린 그가 직접 전장으로 나서려고 하자 측근들이 만류하고 나섰다.

"철혈가에도 동영의 신무기처럼 강력한 무기가 있습니

다! 다수의 공멸 부대가 담장까지 접근조차 못해 보고 놈들의 무기에 죽어 나갔습니다! 하니 지금 직접 나서시는 것은 너무 위험합니다!"

"참으십시오, 대궁주!"

쾅!

나백이 검으로 전차의 측면을 후려쳤다.

단단한 철갑을 둘러놓은 측면이 움푹 패여 들어가면서 연기가 피어올랐다.

그때였다.

두두두!

서쪽에서 일단의 인마가 달려왔다.

나백의 두 눈이 일그러졌다.

"저놈들은……."

철혈가의 서문 공략에 나섰던 병력의 일부임을 알아본 것이다.

한 측근이 달려오는 자들을 향해 외쳤다.

"네 이놈들! 서문을 공략했으면 곧장 철혈가를 들이치지 않고 왜 돌아오는 것이냐!"

"서문 공략에 실패했습니다!"

"뭣이!"

"각 부대의 장들을 포함한 수뇌부 모두가 전사했습니다! 빠져나온 것은 저희가…… 전부입니다! 크흑!"

"……!"

그 자리에 있던 모든 이들이 경악했다.

나백도 얼굴을 바르르 떨었다.

철혈가의 서문 공략에 삼만에 육박하는 병력을 투입했다. 그런데 살아서 돌아온 수가 고작 이백여 명에 불과하다니.

일차 공격 때까지 더하면 거의 육만에 달하는 병력을 투입하고도 실패한 것이었다.

털썩!

살아서 돌아온 무사 하나가 나백의 앞에 바짝 엎드리며 울부짖듯 외쳤다.

"혈왕 신휘가 이끄는 혈왕군의 방패를 이용한 방어진을 도저히 어떻게 할 수가 없었습니다! 또한 공멸 부대도 제대로 공격에 나서 보지도 못하고 대부분이 아군에 섞여 든 살수에 의해 죽어 버리고 말았습니다!"

"혈왕이 이번에도 그곳을 지키고 있었단 말이냐?"

"예! 그렇습니다!"

"그렇단 말이지?"

안광을 번뜩인 나백이 좌우를 돌아보며 외쳤다.

"중군은 나와 함께 서문으로 올라간다! 나머지는 정면 공격을 지원하라!"

"대궁주! 어찌 혈왕을 직접 상대하려 하십니까!"

"아군 삼만이 궤멸에 가까운 피해를 입었다면 놈들도

타격이 클 터. 지금 곧장 올라가면 혈왕을 잡을 수 있다! 서둘러라!"

"하지만……."

"내게 똑같은 말을 반복하게끔 하지 말라 경고했건만."

서걱!

잘린 머리가 땅으로 떨어졌다.

"뭣들 하는 것이야!"

"예!"

* * *

"후욱!"

신휘의 입술을 뚫고 뜨거운 숨이 흘러나왔다.

허리춤에서 피가 흘러내렸다. 수하들을 향해 달려들던 적의 공멸 부대 두 명을 처치하는 과정에서 입은 부상이었다.

찌이익!

측근이 자신의 장포를 찢어 신휘의 허리를 단단히 동여맸다.

신휘는 혈왕군을 살폈다.

거의 삼천에 달하는 병력이 줄어 있었다. 지난번과 마찬가지로 압승을 거뒀음에도 신휘는 결코 기뻐하지 못했다.

백무영이 다가왔다.

"적이 다시 올라오면 이 병력으로는 무리입니다. 병력 지원도 불가하니 특단의 대책을 강구해야 하지 않을까 싶습니다만."

"그렇습니다."

모두가 같은 생각을 한 채로 신휘를 주목했다.

신휘는 수하가 건넨 술로 목을 축이고는 모두를 향해 단호히 말했다.

"우리가 감당할 수 없을 만큼의 적이 올라온다면 곧장 서문까지 물러나 그곳에서 방어전을 펼칠 것이다. 하나 그 전까지는 자리를 지켜라."

"예!"

"정찰병을 보내어 적의 움직임을 파악하도록."

"이미 보내 두었습니다!"

"잘했다."

벌컥벌컥!

신휘는 남은 술을 마저 비우고는 동쪽을 바라봤다. 산에 가려 보이진 않았지만 혈전의 흔적은 이곳에까지 전해지고 있었다.

'다들 잘 싸우고 있을까?'

불안했다.

첫 전투와는 달리 이번에는 동영까지 합세했다. 물론

북부의 무벌이 합류하면서 아군의 수도 늘어났지만 그 정도로 수적 열세를 만회할 순 없었다.

"너무 걱정하지 마십시오. 주군께서 계시지 않습니까."

"사람을 보내어 상황을 알아보도록 하겠습니다."

"그렇게 해."

혈왕군 두 명이 동쪽으로 달려갔다.

그때였다. 남쪽에서 한 기의 인마가 질풍처럼 달려왔다. 정찰에 나섰던 혈왕군이었다.

"대원수! 적이 다시 올라오고 있습니다! 한데 나백이 직접 병력을 이끌고 있습니다!"

"뭐라?"

모두가 낯빛이 굳어졌다. 나백이 직접 올라올 것이라고는 누구도 예상하지 못한 것이었다.

신휘가 무겁게 물었다.

"병력의 규모는?"

"최소 사만은 넘어 보였습니다."

꿈틀.

신휘의 미간에 주름이 잡혔다. 하지만 그는 곧 웃었다.

"나백이 직접 이곳으로 온다는 것을 보면 아군이 제대로 싸우고 있는 모양이야. 아니면 정문 공격에 나섰을 테니까."

"속히 서문으로 물러나시지요."

"그러지."

"서문으로 올라간다!"

휴식에 들어갔던 혈왕군이 신속하게 뒤로 물러나기 시작했다.

신휘는 산야(山野)를 가득 채운 시신들을 응시하며 눈빛을 가라앉혔다. 피아의 구분조차 힘들 정도로 수많은 시신이 나뒹구는 가운데 신휘의 두 눈은 싸늘히 식어가는 수하들을 하나하나 쓸고 지나갔다.

'걱정 마라. 무슨 일이 있더라도 너희의 죽음을 헛되지 않게 해 줄 테니까.'

* * *

쾅!

흑월의 신무기가 불을 뿜었다.

한참 떨어진 곳에서 병력을 지휘하던 빙궁의 중진이 그대로 머리가 날아가며 꼬꾸라졌다.

그야말로 백발백중이었다.

"탄이 몇 발 남지 않았습니다!"

"장전해라."

"예!"

흑월은 공멸 부대와 지휘관들만 철저히 노렸다.

지금까지 죽인 숫자만 스무 명 정도. 그중에 공멸 부대는 열두 명이나 되었다.

까가강!

콰지직!

"크악!"

"으악!"

흑월의 지척에서 적들이 꼬꾸라졌다.

이젠 담장 위가 전장이 되어 있었다. 흑월의 좌우로 서백과 백찬, 그리고 송영이 포진했다.

그들은 철저히 흑월을 지켰고, 흑월은 그들을 믿고 집중할 수 있었다.

하지만 그 시간도 얼마 남지 않았다. 남은 탄을 다 소모하면 칼을 들고 싸워야 할 판이었다.

흑월은 다시 조준에 들어갔다.

그때였다.

'응?'

적 뒤쪽에서 변화가 일어나는 것이 보였다. 거리가 있었던 까닭에 전투에 참여하지 못하고 있던 수만 명의 적들이 서쪽으로 빠져나가고 있었다.

흑월은 서백을 돌아보며 외쳤다.

"적 상당수가 서쪽으로 빠져나가고 있소!"

서백이 그 말을 듣고 먼 곳을 바라봤다. 그러고는 곧장 현진이 있는 곳으로 이동했다.

하지만 가는 길에 적들이 많아 그 시간이 꽤 걸릴 수밖에 없었다.

흑월도 일어서며 검을 뽑았다. 서백이 자리를 비우는 바람에 제대로 조준을 할 수 없었던 까닭이다.

한편 서백은 적들을 베어 넘기며 현진에게 다가갔다.

현진의 주변에서도 혈전이 벌어지고 있었다.

다만 다른 곳에 비해 적의 수가 현저히 적었다. 현진의 암흑마연과 서령의 소수마공 때문에 다른 곳으로 공격 지점을 바꾼 까닭이었다.

"비켜!"

퍽!

"크악!"

길을 방해하는 적 두 명의 머리를 쳐 낸 서백이 현진에게 다가가며 소리쳤다.

"군사! 적 수만 명이 서쪽으로 빠르게 빠져나가고 있습니다!"

현진이 서백을 돌아봤다.

"아무래도 나백이 직접 병력을 이끌고 나선 것 같습니다!"

"확실한가!"

"빠져나간 적들이 나백이 있던 곳에 머물던 병력이었습니다."

파르르…….

현진이 눈빛을 떨었다.

서쪽은 가장 적은 병력이 지키고 있었다. 비록 신휘가 있다지만 적이 다시 병력을 투입했다는 것은 절대적인 열세에 놓인다는 것을 의미했다.

더 심각한 것은 지원을 해 줄 병력이 없다는 점이었다. 그나마 가장 많은 병력이 포진한 곳이 동문이었는데, 그곳은 동영의 본대를 막아야 하니 더더욱 병력을 뺄 수가 없었다.

꽈악!

현진은 위기감에 입술을 깨물었다.

"지금은 대원수를 믿어 볼 수밖에 없다! 하니…… 자리를 지켜라!"

"……예."

* * *

'나백이 서문으로 직접 올라온다고?'

서백의 목소리가 제법 컸기에 뒤에 있던 동방리도 상황을 전해들을 수 있었다.

'위험해. 서문은 가장 병력이 적은 쪽인데…….'

사마송이 나섰다.

"노부와 장로원이라도 대원수를 돕겠소이다!"

"아뇨. 이곳을 비우면 문제가 더 심각해져요."

"하지만……."

동방리는 지그시 입술을 깨물며 말을 이었다.

"달리 방법이 없어요. 지금으로서는 대원수를 믿는 것 말고는……."

그때였다.

까가강!

"으악!"

대전각 좌측에서 비명이 터졌다.

동방리의 고개가 황급히 좌측을 향해 돌아갔다. 그런 그녀의 눈에 속속 모습을 드러내는 녹포인들이 비수처럼 박혀 들었다.

철혈가의 무사들이 앞을 막아섰지만 녹포인들의 무력이 보통이 아니었다.

"막아라!"

까가강!

"으악!"

무사들이 속절없이 쓰러졌다.

동방리의 두 눈에 다급함이 어렸다. 그녀는 사마송을 돌아보며 외쳤다.

"이곳을 부탁합니다!"

"가주!"

쾅!

땅을 박차고 뛰어오른 동방리가 좌측으로 달려 나갔다. 마침 뒤를 돌아보던 서령이 그 모습을 발견하고는 허공으로 솟구쳐 올랐다.

동방리는 달려가면서 한 녹포인을 덮쳤다.

막 무사 한 명의 목을 베고 돌아서던 녹포인이 두 눈을 부릅뜨며 그녀를 향해 검을 휘둘렀다.

하지만 동방리의 검이 더 빨랐다.

퍽!

"크악!"

동방리는 상체와 하체가 분리되며 꼬꾸라지는 녹포인을 지나쳐 또 다른 녹포인을 공격했다.

꽝!

첫 공격은 무위에 그쳤다.

하지만 두 번째 공격에 녹포인의 팔이 뎅강 잘려 날아갔다.

"망할 계집이!"

두 명의 녹포인이 동방리를 향해 달려들었다.

첫 번째, 두 번째 녹포인들과는 움직임부터가 다른 자들이었다.

번쩍!

동방리의 검이 한순간 섬광을 일으켰다.

순간 두 녹포인이 본능적으로 고개를 돌리며 눈을 감았다. 그게 그들의 최후였다.

퍽!

잘린 머리가 땅으로 떨어질 때, 뒤에서 날아든 백광이 또 다른 녹포인의 머리를 형체도 없이 날려 버렸다.

퍼석!

"크아악!"

서령이 동방리의 곁으로 떨어져 내렸다.

"이놈들은 뭐죠?"

"동영 쪽인 것 같아요!"

동방리의 얼굴이 한없이 굳어졌다.

'대체 어떻게 들어온 거지?'

그때였다.

"으악!"

뒤쪽에서 단말마가 터졌다.

동방리와 서령의 시선이 동시에 올라가더니 두 눈을 한껏 치떴다.

"저건……."

(북천전기 35권에서 계속)